DER SHERIFF

MONTANA MÄNNER - BUCH 1

VANESSA VALE

HOLEN SIE SICH IHR KOSTENLOSES BUCH!

Tragen Sie sich in meine E-Mail Liste ein, um als erstes von Neuerscheinungen, kostenlosen Büchern, Sonderpreisen und anderen Zugaben zu erfahren.

kostenlosecowboyromantik.com

Copyright © 2020 von Bridger Media

Dies ist ein Werk der Fiktion. Namen, Charaktere, Orte und Ereignisse sind Produkte der Fantasie der Autorin und werden fiktiv verwendet. Jegliche Ähnlichkeit mit tatsächlichen Personen, lebendig oder tot, Geschäften, Firmen, Ereignissen oder Orten sind absolut zufällig.

Alle Rechte vorbehalten.

Kein Teil dieses Buches darf in irgendeiner Form oder auf elektronische oder mechanische Art reproduziert werden, einschließlich Informationsspeichern und Datenabfragesystemen, ohne die schriftliche Erlaubnis der Autorin, bis auf den Gebrauch kurzer Zitate für eine Buchbesprechung.

Umschlaggestaltung: Bridger Media

Umschlaggrafik: Illustrated Romance

1

LLEN

Ich sollte die Erste sein. Die Erste, die diese lächerliche Zuflucht einer holprigen, stickigen, unbequemen Postkutsche verlassen und sich in die Hände eines völlig Fremden begeben würde. Bis dass der Tod uns scheidet. Wir hatten die anstrengende Fahrt von Ft. Mandan überstanden – Caroline, Emily und ich – und waren dabei gute Freundinnen geworden. In gewisser Hinsicht waren wir Leidensgefährtinnen aufgrund unserer Ängste vor unserer identischen, lebensverändernden Entscheidung, eine Versandbraut zu werden.

„Denkt doch nur, wenn wir nicht zu Mrs. Bidwells Büro gegangen wären, hätten wir uns nie kennengelernt", sagte Caroline in ihrer sanften Singsangstimme. Sie passte zu ihrer Stimme: sie war zart und schüchtern.

Emily lächelte, obgleich es eindeutig erzwungen war, und nahm ihre Hand. „Ich bin ganz deiner Meinung." Sie drehte sich und schenkte mir ihr einigermaßen beruhigendes Lächeln. „Obwohl ich jetzt, da wir fast in August Point sind, Angst um dich habe, Eleanor."

Mein Magen sprang mir in die Kehle, nicht weil die Kutsche in ein weiteres Schlagloch in der festgestampften Erde gefahren war, sondern wegen des Gedankens, dass ich bald, in nur wenigen Minuten, meinen Ehemann kennenlernen würde. Wir hatten alle drei per Stellvertreter in Mrs. Bidwells Büro in Minneapolis Männer geheiratet, die sich weit entfernt im Montana Territorium befanden. Männer, die der älteren Frau geschrieben hatten, deren Beruf es war, ledige, heiratsfähige Frauen zu finden, die gewillt waren, nach Westen zu ziehen und völlig Fremde zu heiraten. Ich hegte keinerlei Zweifel daran, dass es ein Ding der Unmöglichkeit war, in einem wilden und ungezähmten Land Frauen – unverheiratet und im gebärfähigen Alter – zu finden. Mein neuer Ehemann mochte vielleicht verzweifelt sein, aber nicht so sehr wie ich.

Ich war nicht einfach aus einer Laune heraus der Stadt entflohen. Unter Mordverdacht zu stehen – selbst, wenn ich unschuldig war – hatte mich dazu getrieben, die einfachste Fluchtmöglichkeit zu wählen. Es war reiner Selbstschutz gewesen; Allen Simmons hatte vorgehabt, mich zu vergewaltigen. Ich hatte ihm nur einen

Stein gegen den Kopf gedonnert, um seinem Angriff ein Ende zu setzen, nicht seinem Leben. Natürlich stellte seine reiche, elitäre Familie ihren Sohn als das Opfer dar, nicht mich. Es stand außer Frage, dass die Polizei dem beachtlichen Einfluss ihres Namens hörig war. Ich hatte keinen Einfluss. Ich war nur eine einfache Frau, die er in der Kirche kennengelernt hatte, woraufhin er entschieden hatte, mich zu umwerben. Dann, eines Tages hatte er beschlossen, dass es nicht reichte, mir den Hof zu machen. Er hatte mehr gewollt. Viel mehr als ich zu geben bereit gewesen war. Ich hatte keine Zuflucht, keine andere Möglichkeit, mich zu retten, als zu fliehen, bevor sie mich fanden und mich für seinen Tod verantwortlich machten.

Da ich mich an eine Annonce für Versandbräute erinnerte, die ich einmal in der Gesucht-Abteilung der Zeitung gesehen hatte, hatte ich als Fluchtmöglichkeit die mutige und heimliche Maßnahmen getroffen, zu Mrs. Bidwells Büro zu gehen. Ich hatte keine andere Wahl, keine Alternative, als Minneapolis zu verlassen und so weit wie möglich vor der Simmons Familie zu fliehen, wie ich nur konnte. Mit meinen kläglichen Ersparnissen würde ich allein nicht sehr weit kommen. Eine Versandbraut zu werden, bot mir die nötige Distanz und den Schutz der Unbekanntheit. Ich erfand einen neuen Namen, Eleanor Adams, den ich an Stelle meines echten Namens, Ellen Oldsmere, benutzte, damit ich nicht verfolgt werden konnte und meine Reise durch das Land vor allen, die mir auf den Fersen waren, verborgen bleiben würde. In den beengten Räumlichkeiten von Mrs. Bidwells Büro, voller Angst, gefunden zu werden, hatte ich Caroline und Emily kennengelernt. Wir waren rasch willigen Männern zugeordnet worden, per Stellvertreter verheiratet worden und noch bevor die Tinte auf der Heiratsurkunde getrocknet war, waren wir schon auf dem Weg nach Westen, zu neuem Grund und Boden, neuen Leben und neuen Ehemännern gewesen.

Ich hatte mich während der gesamten Reise immer wieder dabei ertappt, wie ich aus Angst davor, verfolgt zu werden, über meine Schulter geblickt hatte. Selbst als die Entfernung immer größer wurde, blieb ich misstrauisch und vorsichtig, da ich fürchtete, in Handschellen zurück nach Minneapolis geschleift zu werden. Erst als der Kutscher brüllte, dass August Point nur noch fünf Minuten entfernt war, wurde mir die Realität bewusst. Ich floh nicht nur vor der Simmons Familie, ich würde auch gleich meinen Ehemann kennenlernen.

„Angst um mich?" Ich hatte den anderen nichts von meinen zwielichtigen Gründen erzählt, aus denen ich eine Versandbraut geworden war; das war etwas, über das ich niemals sprechen könnte. „Du befindest dich in einer ähnlich misslichen Lage, Emily, du wirst auch einen absolut Fremden kennenlernen." Die Frau war drall und kurvig, hatte dichte dunkle Haare und ebensolche dunkle Augen. Sie war ziemlich hübsch und wenn ihr neuer Ehemann Mrs. Bidwells Bemühungen nur allein am Aussehen maß, würde der Mann ihre Verkupplungs-Fähigkeiten außerordentlich finden. „Ich habe immerhin euch beide, die mich verabschieden werden. Die sich den Mann ansehen werden, mit dem ich verheiratet wurde. Du hast Caroline und natürlich wird Caroline ganz allein sein."

Ich sollte in August Point aussteigen, Emily beim nächsten Halt in Lewistown and Caroline etwas weiter in Apex. Wir kannten nur die Namen unserer Ehemänner und unser Ziel.

Meine waren mir ins Gedächtnis gebrannt. *Ryder Graves. August Point.*

Ich wandte den Blick von meinen Freundinnen, die für mich nervös waren, ab und blickte aus der geöffneten Fensterklappe, die die frische Luft hereinließ, sowie eine gleichermaßen große Menge Staub. Das Land war dicht bewachsen und grün, die hohen Gräser bewegten sich in sanften Wogen in der Sommerbrise. Der Himmel war blau und gepunktet mit fluffigen Wolken. Nichts Ungewöhnliches für einen schönen Tag. Was ungewöhnlich war, war, dass der Himmel endlos zu sein schien. Die wenigen Male, die ich mich aufs Land gewagt hatte, waren dort zahllose Bäume gewesen, die jegliche Sicht versperrt hatten. Hier waren nur wenige Bäume zu sehen und diese säumten die Ufer eines Flusses oder Bachs. Es war ein weise gewählter Standort, da sie so beständig mit Wasser versorgt wurden.

War ich so schlau wie ein kräftiger Baum? Mein lächerlicher Vergleich brachte mich dazu, den Kopf zu schütteln und in die Realität zurückzukehren. War ich gerade auf dem Weg zu etwas Unbekanntem, das noch schlimmer war als meine Optionen in Minneapolis? Konnte eine Ehe mit einem Fremden in einer fremden Gegend schlimmer sein als ein Bordell in Minneapolis? Leider war die Antwort ein definitives Ja.

Wie war Mr. Ryder Graves wohl? Sah er gut aus? War er freundlich? Erfolgreich? Soweit ich wusste, konnte der Mann genauso gut dick sein und sieben Kinder haben. Vielleicht würde er mich schlagen. Vielleicht stank er.

„August Point!", schrie der Kutscher, dessen Stimme cholerisch und ruppig klang. Ihm war unser Schicksal egal. Ihn interessierte nur, das Ende der Route zu erreichen, wo er sich ausruhen könnte und frische Pferde bekommen würde, ehe er die Rückfahrt antrat.

Das Donnern der Pferdehufe passte zu dem hektischen Klopfen meines Herzens. Meine Handflächen wurden feucht und mir stand der Schweiß auf der Stirn. Worauf hatte ich mich da nur eingelassen? Panik setzte ein und erschwerte mir das Atmen. Es gab keine Möglichkeit zur Flucht. Es gab buchstäblich keinen anderen Ort, an den ich gehen konnte, als zu meinem Schicksal.

Ich wagte einen Blick zu den anderen zwei Frauen und versuchte, ein tapferes Gesicht aufzusetzen – sie würden bald selbst an der Reihe sein und ich wollte sie nicht noch nervöser machen. Wir beugten uns alle nach vorne, um aus dem Fenster zu spähen und einen ersten Blick auf die Stadt zu erhaschen. Und meinen Ehemann. Es war zweifelsohne ein sehenswerter Anblick, wie unsere drei Köpfe aus der Kutsche ragten!

Die Stadt, die sichtbar wurde, war klein. Genau genommen, winzig. Nur eine lange Reihe Schindelgebäude mit einem spitzen Kirchdach in der Ferne. Häuser säumten den Horizont. Mehrere Leute verrichteten ihr Tagesgeschäft, kauften ein und arbeiteten, aber nur einer stand vor der Kutsche, die inzwischen angehalten hatte.

Oh meine Güte. Ich schluckte meine Nervosität so gut ich konnte. Das musste Mr. Graves sein. Wer sonst würde dort warten?

„Das ist… er?", flüsterte Caroline mit aufgerissenen Augen. „Er ist so, ähm, groß!"

„Er ist nicht sechzig, Eleanor. Das war eine deiner Sorgen", erwiderte Emily, die ebenfalls mit gesenkter Stimme sprach.

Das war er definitiv nicht. Vielleicht dreißig. Ich starrte auf seine staubigen, von der Arbeit abgenutzten Stiefel und arbeitete mich seinen äußerst männlichen Körper hoch. Seine Beine waren lang und sehnig, die Schenkelmuskeln spannten sich dick und straff unter den engen Hosen. Schmale Taille. Weißes Hemd, dessen Ärmel hochgerollt waren, sodass gebräunte, muskulöse Unterarme sichtbar wurden, die mit sandfarbenen Haaren gesprenkelt waren. Große Hände. Oh meine Güte.

Seine Schultern waren so unfassbar breit. Der Mann würde wie ein echter Riese über mir aufragen! Sein Gesicht war im Schatten seiner breiten Hutkrempe verborgen, aber ich konnte ein kantiges Kiefer sehen, das von frisch sprießenden Bartstoppeln verdunkelt wurde.

Seine Haare quollen gelockt unter dem Hut hervor und berührten seinen Hemdkragen. Allein der Anblick des Mannes ließ mein Herz erneut schneller schlagen, dieses Mal jedoch nicht vor Nervosität. Viele der Sorgen, die ich mir während all der Meilen festgetrampelter Erde über meinen Ehemann gemacht hatte, wurden sofort weggewischt, wie wenn man mit einem feuchten Lappen über eine Schultafel fährt. Er hatte keinen Bierbauch und auch keine Hängebacken. Er war nicht kleiner als ich. Er schien noch all seine Haare zu haben und höchstwahrscheinlich auch seine Zähne. Er war kein alternder Mann und es hingen auch keine Kinder an seinen Armen.

Was er *war*, war sehr gut aussehend. Er war größer als die Männer in Minneapolis, arbeitete eindeutig hart, war vom Wetter gezeichnet und erfüllte jedes tiefverwurzelte Kriterium, das mein Körper in einem Ehemann suchte. *Kein* Vergleich zu Allen Simmons. Mein Körper reagierte allein auf seinen bloßen Anblick mit den vertrauten Regungen, die ich verspürte und erkundete, wenn ich allein im Bett lag und meine Finger mit der geheimen Stelle zwischen meinen Schenkeln spielten. Ich fühlte mich auf eine Weise zu ihm hingezogen, wie ich es noch nie zuvor bei einem Mann erlebt hatte – und ich hatte noch nicht einmal seine Augen gesehen!

Bevor wir drei ihn noch länger anstarren konnten, trat er zur Kutsche und öffnete deren Tür, wobei sich der Staub, den er aufgewirbelt hatte, zu seinen Füßen legte. Er nahm seinen Hut ab. Seinen Kopf in die Kutsche streckend, musterte er uns drei der Reihe nach. „Miss Adams?"

Oh meine Güte. Seine Augen hatten einen sehr hellen Blauton, wie Eis auf einem Teich in Minnesota. Seine Haare waren hellbraun mit Spuren von Gold, als wären sie von der Sonne poliert worden. Ich fragte mich, ob sie sich wohl so seidig weich anfühlen würden, wie sie aussahen.

Mein Mund war bei seinem Anblick so trocken geworden, dass ich zuerst nicht sprechen konnte und sogar vergaß, wie mein neuer Name lautete. Eleanor. Ich war jetzt Eleanor. Ich rutschte genau in dem Moment auf der harten Holzbank nach vorne, als Caroline und Emily jede einen meiner Arme packten und mich nach vorne schoben. Ich taumelte leicht unbeholfen vorwärts und platzte heraus: „Ja." Ich räusperte mich. „Mr. Graves, nehme ich an?"

Er grinste, wobei er gerade weiße Zähne zeigte, während er mich von unten bis oben musterte, wie ich es gerade bei ihm getan hatte. Ich konnte keinen herausragenden ersten Eindruck machen; ich war vom Reisen erschöpft und staubig. Meine Haare waren nur so sicher nach oben gesteckt, wie es die Nadeln, die sie hielten, erlaubten. Das stundenlange Auf und Ab der Kutsche hatte einige Strähnen entkommen und über meine Schultern fallen lassen. Ich war müde und ich wusste, dass ich dementsprechend aussah.

„Ja, Ma'am. Erlauben Sie mir, Ihnen nach unten zu helfen. McCallister hält nur so lange, dass ich Ihre

Tasche holen kann, bevor er weiterfährt. Ladies." Das letzte Wort sagte er, während er Emily und Caroline zum Gruß zunickte. Er kannte den Kutscher offensichtlich, da er ihn bei seinem Taufnamen nannte.

Ich nahm seine dargebotene Hand, wobei meine so klein und zierlich in seiner großen aussah. Ich konnte die Schwielen auf seiner Handfläche fühlen, dennoch war seine Haut warm und sein Griff sachte. Ich sah hoch in seine Augen und mir stockte der Atem. Er war... männlich. Etwas Dunkles blitzte in seinen Augen auf und sorgte dafür, dass meine Nippel unter meinem Korsett hart wurden. Ich wünschte, ich könnte in diesem Moment einen Blick in seinen Kopf werfen, um seine Gedanken zu kennen. Waren sie so sinnlich wie meine?

Ich stieg aus der Kutsche und in den hellen Sonnenschein sowie in die frische Luft. Mr. Graves war so viel größer als ich. Ich musste meinen Kopf fast in den Nacken legen, um Augenkontakt mit ihm halten zu können. Ohne den Schutz, den ihm sein Hut geboten hatte, konnte ich mich an ihm sattsehen. Er hatte eine eindrucksvolle Stirn, wodurch seine hellen Augen noch intensiver wirkten. Seine Nase war am Rücken leicht krumm, als wäre sie schon mal gebrochen worden. Seine Lippen waren voll und das Lächeln, das er mir schenkte, war warm und, wagte ich es zu sagen, freundlich?

„Eleanor!", rief Caroline hinter mir.

Meine Augen weiteten sich, als ich realisierte, wie schnell ich die anderen zwei Frauen vergessen hatte. „Oh, ich muss mich noch von meinen Freundinnen verabschieden."

Mr. Graves löste seinen Griff um meine Hand und ich drehte mich zurück zur Kutsche. Mr. McCallister reichte unterdessen meine Tasche an Mr. Graves weiter – sie enthielt all die spärlichen Besitztümer, die ich bei meiner hastigen Abreise mitgenommen hatte – und stieg wieder auf den Kutschbock, um die Fahrt zum nächsten Halt fortzusetzen.

„Werde ich euch wiedersehen?", fragte ich sie, besorgt, dass ich auf lange Sicht vollkommen allein sein würde.

Beide Frauen nickten eifrig mit den Köpfen, wobei die blonden und dunklen Strähnen auf und ab wippten. „Selbstverständlich! Wir sind doch in der Nähe, zumindest nach den Standards im Montana Territorium. Wenn wir uns eingelebt haben, werden wir einander schreiben. In Ordnung?" Emily sah entschlossen zu Caroline und mir. Sie war die Unerschütterliche von uns dreien, sich ihrer Sache sicher.

„Ja", antwortete ich und bemühte mich, so positiv zu sein wie sie.

„Natürlich", murmelte Caroline, während sie sich eine Träne aus dem Auge wischte. Um sie und ihr neues Leben machte ich mir größere Sorgen als um Emily, weil sie so sensibel und ruhig war.

Emily beugte sich nach vorne. „Ich hoffe, mein Ehemann ist genauso attraktiv wie deiner." In ihren Augen funkelten Belustigung und ein Hauch von Neid, als sie kurz über meine Schulter zu Mr. Graves blickte. „Ich habe ein gutes Gefühl, was ihn angeht, Eleanor", flüsterte sie.

Ich hatte auch ein Gefühl, wenn es um ihn ging, und es fühlte sich sehr wie Lust an.

Mr. McCallister ruckte an den Zügeln und die Kutsche machte einen Satz nach vorne. Mr. Graves trat vor und schlug die Tür zu, damit die Frauen nicht aus der Kutsche purzelten, während er mich aus dem Weg der großen Räder zog. Sie winkten aus dem Fenster und kurz darauf war ich allein mit meinem Ehemann. Meinem sehr großen, sehr gut aussehenden Ehemann. Ich drehte mich langsam zu ihm um. Dieses Mal bemerkte ich etwas, das mir zuvor entgangen war. Wie mir das hatte passieren können, wusste ich nicht, denn jetzt, als ich mich ihm direkt gegenüber befand, war es ganz und gar offensichtlich. Meine Augen weiteten sich und ich spürte meinen panischen Herzschlag. An seine breite Brust war ein Blechstern geheftet. Ich war mit dem Sheriff der Stadt verheiratet.

2

YDER

Als ich meinen Kopf in die Kutsche gesteckt hatte, hatte nicht nur eine hübsche Frau, sondern gleich drei, zurückgestarrt. Eine Blondine, eine Brünette und ein feuriger Rotschopf; eine beachtliche Bandbreite an Schönheit. Mrs. Bidwell hatte sich auf jeden Fall selbst übertroffen, als sie die Anforderungen erfüllt hatte, die ich selbst, mein Freund Wyatt Blake und irgendein glücklicher Mann am Ende der Kutschfahrt an eine Braut gestellt hatten.

Ich hatte die vergangenen Monate damit verbracht, über meine neue Frau nachzudenken. Ich wusste, dass die dort draußen war, *irgendwo*, allerdings kannte ich weder ihren Namen noch wusste ich, wie sie aussah. Mrs.

Bidwell hatte vermutlich ihre liebe Mühe mit meinen Wünschen gehabt. In der Zwischenzeit hatte ich die unaufhörlichen Annäherungsversuche von Myrna Flanders und ihrer Ränke schmiedenden Mutter abgewehrt. Frauen im Montana Territorium – heiratsfähig, attraktiv und mit der Veranlagung, meine niederen Bedürfnisse aushalten zu können – waren dünn gesät. Zum Teufel, es gab gar keine. Wenn es eine gegeben hätte, hätte ich sie gefunden, oder Wyatt an meiner Stelle. Wir hatten äußerst wachsam sein müssen. Dass man in einer kompromittierenden Situation erwischt und so in eine Ehe gezwungen wurde, war für eine verzweifelte Frau nur allzu leicht zu bewerkstelligen. Bei Myrna Flanders wäre es nur noch eine Frage der Zeit gewesen, bis sie extreme Maßnahmen ergriffen hätte. Wir hatten beide ähnliche Anforderungen – und kein Interesse daran, eingefangen zu werden – und daher hatten wir andernorts suchen müssen. Deshalb hatten wir Mrs. Bidwell und ihre weitreichende Hilfe hinzugezogen. Wir hatten einen gemeinsamen Brief verfasst, in dem wir unsere Erwartungen deutlich zum Ausdruck gebracht und eine anständige Bezahlung angeboten hatten, wenn sie unsere Erwartungen erfüllen und sogar übertreffen könnte.

Nach dem Aussehen der Damen zu schließen – umwerfend und eindeutig nicht in ihrem Element – hatte Mrs. Bidwell jeden Penny verdient. Die Nachricht von Eleanors Ankunft war schneller gereist als sie, jedoch nicht um viel. Ich hatte erst vor drei Tagen die Nachricht mit ihrem Namen und ihrer bevorstehenden Anreise erhalten. Doch mit keinem Wort war ihr Aussehen oder Charakter beschrieben worden, weshalb ich mir meine neue Frau vorgestellt und mir ein mentales Bild dessen gebildet hatte, wie sie aussah und was sie mit mir tun würde. *Für mich.*

Hätte ich allein anhand des ersten Blickes erraten müssen, welche der Frauen meine Braut war, hätte ich nicht nur ihr äußerliches Erscheinungsbild zu Rate gezogen, um meine Entscheidung zu treffen, sondern ihre Augen. Ihre Augen sagten alles.

Die der Blonden zeigten Angst, Sorge. Die Brünette bot offenen Eifer. Die grünen Augen des Rotschopfs waren voller Verlangen, eines brennenden Begehrens, das selbst unter der offensichtlichen Nervosität sichtbar war. Sie war die eine. Ich wollte keine verängstigte Frau, die ich verhätscheln und beruhigen musste. Ich wollte keine Frau, die allzu bereit war, mich zufriedenzustellen. Ich *brauchte* eine Frau, die unter meiner Hand zum Leben erwachte, sei es nun durch sanfte Überzeugung oder durch strenge Bestrafung. Es bestand kein Zweifel daran, dass die Schönheit mit den Kupfersträhnen Eleanor Adams war.

Als sie aus der Kutsche gestiegen war, hatte ich ihre gesamte Erscheinung betrachten können. Sie war klein und reichte nur bis zu meiner Schulter. Sie war von schlanker Statur, dennoch mit üppigen Kurven an all den richtigen Stellen unter dem schlichten blauen Kleid ausgestattet. Genug Fleisch, um es fest zu packen, sich daran festzuhalten und bei einem guten Fick an Ort und

Stelle zu fixieren. Ihre widerborstigen Haare hatten sich aus ihrer Frisur gelöst und die Locken baumelten wild und ungezähmt nach unten. Ihre helle Haut war wunderschön rosa angelaufen, als sie zu mir aufgesehen hatte und innerhalb von Augenblicken war jeder ihrer Gedanken deutlich sichtbar über ihr Gesicht gehuscht: Überraschung, Angst, Nervosität und sogar Verlangen. Ich hatte an ihr Hinterteil gedacht und daran, ob es wohl unter meiner Hand einen ähnlichen Farbton annehmen würde.

Die anderen Frauen hatten sie zurück zur Kutsche gerufen, damit sie sich voneinander verabschieden konnten, doch McCallister war erpicht darauf, weiterzufahren. Ich hatte kaum Zeit gehabt, die Tür zuzuschlagen und Eleanor aus dem Weg zu reißen, bevor sie überfahren wurde. Ich wollte nicht, dass meine Frau verletzt wurde, noch bevor ich mehr getan hatte, als ihre Hand zu halten.

„Geht es Ihnen gut?", fragte ich mit zusammengebissenen Zähnen. Ich bemühte mich sie mit sanftem Griff zu halten, während ich McCallister wegen seiner mangelnden Rücksichtnahme am liebsten eins auf die Nase gegeben hätte. Eine tote Ehefrau würde mir nichts nützen! Sie sah mit ihren überraschten grünen Augen zu mir hoch. Ihre Wimpern und Brauen waren eine Spur dunkler als ihre Haare, was Gedanken an ihre Haare an anderen dekadenten Stellen weckte.

Ihre vollen Lippen waren leicht geöffnet, ihr Atem entkam ihr in kurzen Schüben, da sie von der abrupten und raschen Abfahrt der Kutsche erschrocken war. „Ja."

Ihre rosa Zunge schnellte nach vorne, um ihre Unterlippe zu befeuchten, und mein Schwanz wurde hart. „Danke."

Wir befanden uns allein am Stadtrand und der Wind, der über das hohe Präriegras rauschte, bildete das einzige Geräusch. Eleanor blinzelte leicht gegen die Sonne und ihre Stirn legte sich in Falten. Ich hob meine Hand und legte meine Finger auf die Stelle. Ihre Haut war weich und warm. Sie war so klein, so zierlich. Geradezu zerbrechlich. „Sie sehen... besorgt aus."

Überraschenderweise hatte sich mein Beschützerinstinkt ganz von allein eingestellt und ich wollte sicherstellen, dass sie nicht nur gesund, sondern auch glücklich war. In Sicherheit.

Sie lehnte sich leicht zurück und außerhalb meiner Reichweite und schüttelte den Kopf. „Oh, ähm... nein." Den Augenkontakt unterbrechend, blickte sie direkt auf meine Brust. „Ich bin nervös."

„Ich gestehe, das bin ich auch." Ich lächelte auf ihren Scheitel hinab, auf die zügellosen Locken und kräftige Farbe, obwohl sie meine Erheiterung vermutlich nur aus ihrem Augenwinkel sehen konnte. „Es passiert schließlich nicht jeden Tag, dass man seine Braut kennenlernt und herausfindet, wie reizend sie ist." Die Worte waren wahr und dazu gedacht, ihr zu schmeicheln und sie zu beruhigen. Ich konnte es nicht gebrauchen, dass sie nervös war oder Angst hatte. Für das, was ich für sie geplant hatte, insbesondere jetzt, da ich sie gesehen hatte und erahnte, welche Art von

Feuer tief in ihr loderte, musste sie aufnahmefähig sein. Offen.

Ihr Kopf hob sich.

„Sie erröten so hübsch."

„Ich bin Ihnen gegenüber… im… äh… Nachteil."

Ich wölbte eine Braue. „Wie das?"

Sie sah von links nach rechts und betrachtete ihre Umgebung, ehe sie zu mir sah. „Sie kommen von hier, kennen die Leute, haben Freunde. Für mich ist das alles neu. *Sie* sind neu für mich."

Ich hob ihre kleine Tasche vom Boden auf, wobei ich den Blickkontakt nie unterbrach. „Dann sollte ich dem Abhilfe verschaffen. Ich würde Sie gerne nach Hause bringen, wenn das akzeptabel ist. Was ich im Sinn habe, wird dafür sorgen, dass wir einander *sehr* gut kennenlernen."

Als sie noch tiefer errötete, wusste ich, dass ihr die Doppelbedeutung meiner Worte nicht entgangen war. Manche Frauen wären bei solch forschen Worten schreiend davongerannt, doch Eleanor tat das nicht.

Anstatt in Tränen auszubrechen oder sich zu empören, nickte sie, wodurch eine rote Locke über ihre Wange rutschte. Ich war vollkommen überrascht und immens zufrieden. Mit meiner freien Hand steckte ich die Strähne hinter ihr Ohr und streichelte ihre weiche Haut, während ich einen Moment innehielt, um mich zu vergewissern, dass ich mich im Griff hatte. Ich musste die Kontrolle behalten und durfte nicht meinem Schwanz die Zügel überlassen. Ich konnte sie in meiner Eile nicht einfach über meine Schulter werfen und sie zurück zum Haus tragen und ficken. Nur Wirf-den-Rock-hoch-Sex. Das war für einen anderen Tag. Für den Moment brauchte sie eine langsame Verführung und die Sanftheit, die bei einer Jungfrau erforderlich war. Eleanor brauchte das und ich wollte ihr das geben. Als ihr Ehemann – *Ehemann!* – war es mein Recht und Privileg, sie auf die ursprünglichste Weise zu der Meinen zu machen.

Ich bewegte meine Hand zu ihrem Ellbogen und führte sie in einem mäßigen Tempo in die Stadt. August Point war klein, nur einige hundert Einwohner, aber es war groß genug, um einen Sheriff und ein Gefängnis zu benötigen. Mein Haus lag praktischerweise sehr nah am Gefängnis, was mein Leben einfach und leicht machte. Ich konnte wieder auf der Familienranch südlich der Stadt arbeiten, wenn meine Aufgabe als Gesetzeshüter vollbracht war, wann immer ich mich dafür entschied. Doch momentan fühlte ich mich wohl in der Rolle und war zufrieden damit, meinen Brüdern die Führung der Ranch zu überlassen.

Wir gelangten innerhalb weniger Minuten zum Haus und ich genoss das Gefühl, sie neben mir und die Fähigkeit zu haben, bei jedem Schritt hinab auf ihre vollen Brüste zu blicken. Meine Gedanken drehten sich allein um die Farbe ihrer Nippel. Würden sie so hell sein wie der Rest von ihr, ein starker Kontrast zu ihren auffallenden Haaren? Ich tippte auf pfirsichfarben und stellte mir vor, dass sie auch genauso süß schmeckten.

Wenn sie sich erst einmal innerhalb der privaten Räumlichkeiten unseres Heims befand, würde ich es herausfinden. Und sie würde alles über mich herausfinden und was ich von ihr wollte. Ich würde sie nicht einfach nur nehmen, ich würde sie *besitzen*.

3
———

LLEN

WIR SPRACHEN NICHT, während wir durch die Stadt liefen. Fehlten Mr. Graves genauso wie mir die Worte oder gehörte er zur nachdenklichen Sorte? Zu meinem Glück war August Point so klein, dass ein längeres Gespräch ohnehin unmöglich war. Es gab viele Fragen, die ich meinem neuen Ehemann stellen wollte, doch ich wusste nicht einmal, womit ich anfangen sollte. Wie hatte es nur passieren können, dass ich mit einem Gesetzeshüter verheiratet worden war? Die Sonne reflektierte von dem Stern auf seiner Brust, was mich zusammenzucken ließ, und das nicht wegen der Helligkeit in meinen Augen. Was würde mit mir geschehen, wenn er herausfand, was ich getan hatte? Würde er mich zurückschicken? Mich ins Gefängnis stecken? Kein Sheriff wollte mit einer Mörderin verheiratet sein! Er stand auf der einen Seite des Gesetzes und ich auf der anderen. Obwohl es Allen gewesen war, der mich angegriffen hatte, war ich die Schuldige. Die einzige Person, die außer mir die Wahrheit kannte, war... tot. Ich konnte wieder das schwere Gewicht des Steins in meiner Hand fühlen. Konnte spüren, wie sich die scharfen Kanten in meine Haut gruben. Ich schluckte die Panik, die in mir aufstieg. Es gab nichts, das ich tun konnte. Ich konnte es ihm nicht erzählen; das stand außer Frage.

Da ich so in meinen Gedanken versunken gewesen war, hatte ich nicht bemerkt, dass wir vor der Tür eines kleinen, bescheidenen Hauses angehalten hatten. Ein Stockwerk, eine hübsche in weiß gestrichene Holzverkleidung und zwei Fenster, die die Eingangstür flankierten. Es stand etwas zurückgesetzt von der Hauptstraße und hatte keine direkten Nachbarn. Nur hohes Gras wogte zwischen einem Haus und dem nächsten. Ich konnte mir die Menge an Schnee nur vorstellen, die der Wind im Winter ohne den Schutz anderer Gebäude oder Bäume hoch anhäufen würde. Zum Glück hatte ich einen Ehemann, der mich warmhalten würde – so lange er niemals die Wahrheit erfuhr.

Er öffnete die Tür und ließ mich als Erste eintreten. Anschließend nahm er den Hut von seinem Kopf und hängte ihn an einen Haken neben der Tür. Das Hausinnere war sauber und mehr oder weniger spartanisch eingerichtet, vielleicht fehlte es einfach an einer weiblichen Hand. Ein lediger Sheriff brauchte keinen Zierrat oder Rüschen. Das hier war der Hauptwohnbereich und Küche mit einem Herd und einem Spülbecken mit Pumpe unter einem der Fenster. Ein großer Kamin aus Stein nahm die gesamte Seitenwand ein. Ein dicker Teppich bedeckte einen Teil des Holzbodens, auf dem sich eine gemütlich wirkende Sitzgelegenheit befand. Ein Gewehr thronte auf zwei Balken über dem Kaminsims und erinnerte mich daran, dass wir zivilisierte Menschen waren, die in die Wildnis eines ungezähmten Landes vorgedrungen waren. Ich erschauderte bei diesem Gedanken.

Eine warme Hand landete auf meiner Schulter. „Kalt?"

Mr. Graves' warmer Atem umschmeichelte meinen Hals, was Gänsehaut auf meiner Haut entstehen ließ. Ich schüttelte den Kopf, da mir kein bisschen kalt war. Ganz im Gegenteil. Ich empfand mehr für diesen Mann, diesen *Fremden*, als ich während der Wochen gefühlt hatte, in denen mich Allen Simmons umworben hatte. Nur einen Mann wie Mr. Graves in derartiger Nähe zu haben und noch dazu allein zu sein, sorgte dafür, dass mir viel zu warm wurde. Keine Anstandsdame, niemand, der unsere Taten infrage stellen würde. Wir waren verheiratet und es war uns rechtlich erlaubt. Sämtliche andere Gedanken verflüchtigten sich. Seine Finger streichelten meinen Hals hoch und runter, während er sprach. „Ich habe ein Bad für dich vorbereitet."

Bei seinen Worten wirbelte ich herum. Ein Bad! Das

klang wie der Himmel auf Erden, aber ich hatte keine Badewanne gesehen.

Er musste die Verwirrung auf meinem Gesicht gesehen haben. „Im Schlafzimmer." Er deutete mit dem Kinn zu der geschlossenen Tür an der hinteren Wand. „Mrs. Samuels, eine Frau aus der Stadt, die hierherkommt und für mich putzt und kocht, wusste, dass Sie mit der Kutsche kommen würden und hat ein Bad für Sie vorbereitet. Das Wasser sollte noch warm sein."

Ich lief in diese Richtung und öffnete die Tür. Ein Messingbett, groß und mit einer dunklen Decke überzogen, nahm den Raum ein. Mr. Graves war ein großer Mann und brauchte ein Bett dieser Größe. Außerdem befand sich tatsächlich eine Sitzbadewanne in dem Raum, die mit dampfendem Wasser gefüllt war. „Oh", murmelte ich sehnsüchtig. Ich hatte seit Wochen kein Bad gesehen; während der Reise hatte es nur kurze Waschgelegenheiten mit Schüssel und Waschlappen gegeben.

Mr. Graves stupste mich sanft in den Rücken, damit ich weiter in den Raum trat, ehe er die Tür fest hinter uns schloss. „Komm, dann wollen wir Sie mal ausziehen."

Bei seinen Worten erstarrte ich zur Salzsäule. Er plante, hier zu bleiben. Zu helfen. Oh Grundgütiger! Ich war noch nie zuvor mit einem Mann, der nicht mit mir verwandt war, allein gewesen, geschweige denn nackt. Ich war der Vorstellung von den... Dingen, die zwischen einem Mann und seiner Frau passierten, nicht abgeneigt, ich wusste nur nicht, was *genau* das umfasste. Die allgemeine Vorgehensweise war mir bekannt, aber ich war nicht naiv genug, um nicht zu wissen, dass es so viel mehr als das gab, was ich wusste.

Er fasste meine Reglosigkeit als Einladung auf, trat um mich herum und öffnete langsam die Knöpfe, die an der Vorderseite meines blauen Kleides verliefen. Das Kleidungsstück starrte nicht vor Dreck, aber es war von der Reise zerknittert und definitiv staubig. *Ich* war staubig. Seine Knöchel strichen über die empfindlichen Rundungen meiner Brüste, während er sich nach unten arbeitete. Ich sog scharf die Luft ein, da mich das Kribbeln, das er auf meiner Haut hinterließ, überraschte. Nachdem der letzte Knopf geöffnet worden war, blickte er durch seine sandfarbenen Wimpern zu mir hoch. In seinem Blick lagen zu gleichen Teilen eine Frage und Interesse. Es bestand kein Zweifel daran, dass er weiterzumachen wünschte, aber lange genug innehielt, um meine Reaktion abzuschätzen.

Als ich ganz leicht nickte, hoben sich seine Hände zu meinen Schultern und rutschten nach außen, sodass der Stoff meine Arme hinabglitt und sich an meinen Handgelenken sammelte. Er zog erst einen Ärmel, dann den anderen von meinen Händen. Er war sehr geduldig und ließ sich Zeit, als würde er ein Weihnachtsgeschenk auspacken. Als er fertig war, rutschte das Kleid über meine Hüften und meine Schenkel hinunter, ehe es sich um meine Füße legte. Meine Unterkleider behielt ich vorerst an; Korsett und Schlüpfer.

„Öffne dein Korsett, Weib. Langsam. Zeig mir, was

mir gehört", sagte er, seine Stimme dunkel, sein Blick intensiv, als er zurücktrat, um zuzuschauen. Er war nur auf mich konzentriert. In diesem Moment war ich seine ganze Welt.

Seine Wortwahl hätte mich abschrecken sollen. *Zeig mir, was mir gehört*. Aber das tat sie nicht. Ganz im Gegenteil. Meine Haut wurde sogar noch wärmer, als würde ich bereits in der Wanne sitzen. Mein Magen vollführte einen Salto und meine Nervosität tanzte mit meiner Erregung. Seine Worte setzten mich in Flammen, gaben mir das Gefühl, als gehörte ich zu ihm. Dass ich wirklich Sein war. Meine Lippen teilten sich, mein schwerfälliger Atem entkam mir in abgehacktem Japsen, die Rundungen meiner Brüste hoben und senkten sich im gleichen Rhythmus.

Es bestand kein Grund, Widerstand zu leisten, es gab kein Ablenkungsmanöver, um es hinauszuschieben. Er war mein Ehemann. Es war sein Recht. Ein bedeutsamer Gedanke kam mir. Es war *mein* Recht, ihm meinen Körper zu zeigen. Ich konnte ihn ihm aus freien Stücken anbieten, ohne Konsequenzen. Ich musste meine Tugend nicht mehr schützen. Sie gehörte ihm und ich würde sie ihm freiwillig schenken. Meine nervösen Finger bewegten sich wie von selbst zum obersten Verschluss meines Korsetts. Seine Augen hafteten auf meinen Bewegungen. Als ich erst eine Korsettstange öffnete, dann die nächste, spannte sich sein Kiefer an und eine intensive Röte breitete sich auf seinen Wangen aus. Mit jedem Stückchen Korsett, das ich mit den langsamsten Bewegungen öffnete, erhitzte sich die Luft zwischen uns noch mehr und knisterte vor Energie wie kurz vor einem Blitzschlag.

Endlich, endlich war es offen und ich ließ das Kleidungsstück nach unten fallen, wo es auf meinem Kleid landete. Als könnte er keinen Moment länger widerstehen, hob er seine Hand zu meinem Busen und strich mit einem stumpfen Finger über die steife Spitze. Ich keuchte bei dieser verwegenen Berührung auf, mein Kopf kippte nach hinten und meine Augen schlossen sich.

„Mehr, Ellie. Zieh den Rest aus." Seine Hand entfernte sich und ich fühlte mich beraubt.

Mein Name war noch nie abgekürzt worden, denn ich hatte nie Gefallen daran gefunden, Ellie genannt zu werden. Bis jetzt. Der Laut war mehr ein Kosename als ein Spitzname. Zum Glück hatte ich einen falschen Namen gewählt, der auf ähnliche Weise abgekürzt wurde. Als er mich Ellie nannte, fühlte ich mich wie ich selbst, nicht wie eine Betrügerin. Ich stand nur noch in meinem Schlüpfer da. Mein Gesicht wurde bei dem Gedanken daran, dass Mr. Graves meine Brüste sah, heiß. Ich wandte den Blick ab, als er die Kordel löste und anschließend das letzte übriggebliebene Kleidungsstück auf den Haufen zu meinen Füßen fallen ließ.

„Oh, Ellie", murmelte Mr. Graves, kurz bevor sich sein Mund senkte, damit er einen meiner Nippel umschließen konnte.

Ich fiel vor Überraschung beinahe nach hinten, da

ich nicht mit dieser Tat gerechnet hatte. Ein Arm legte sich um meine Taille und hielt mich fest, während seine raue Zunge leckte, kurz bevor er saugte. Fest. Ich schrie auf wegen der Intensität der Wonne, die allein von meinem Nippel ausstrahlte. Ich hatte keine Ahnung, dass dort ein solch intensives Vergnügen gefunden werden konnte. Und noch dazu mit seiner Zunge! Mr. Graves knurrte tief in seiner Kehle, ehe er mich freigab.

„In die Wanne mit dir." Seine Stimme war rau wie zerstoßene Felsen, seine Kiefer zusammengepresst. Hätte ich nicht die Lust in seiner Stimme beim Anblick meiner Nacktheit gehört, hätte ich gedacht, dass er sauer auf mich war.

Ich kletterte vorsichtig in die Wanne, deren Wasser heiß war. Jetzt war ich diejenige, die Laute der Wonne von sich gab, auch wenn ich nur damit zufrieden war, von einer solchen Wärme eingehüllt zu werden. Bis zum Hals im Wasser liegend, fühlte ich mich bedeckt, obgleich das Badewasser meinen Körper kein bisschen vor seinen Blicken schützte. Doch ab diesem Moment, als ich mich in dem Gefühl des duftenden Badewassers aalte, würde ich die Vorstellung, mich vollständig zu reinigen, niemals wieder für selbstverständlich nehmen.

Mr. Graves kniete sich neben die Wanne, einen Waschlappen in einer Hand, ein weißes Stück Seife in der anderen. „Dann wollen wir dich mal waschen, denn ich möchte dich wieder ganz schmutzig machen."

Anstatt des Blicks harter Intensität, den ich noch vor

Momenten in seinen Augen gesehen hatte, sah ich jetzt... Leidenschaft.

„Mr. Graves, ich –"

„Ryder. Mein Name ist Ryder." Er rieb die Seife über den Lappen und begann anschließend mich zu waschen, meine Schultern, tiefer zu meinen Brüsten. Er säuberte mich gründlicher, als es vielleicht von Nöten war. Aber ich beschwere mich nicht. Das Gefühl des Lappens war so wundervoll, der Geruch der Seife zitronig und frisch. „In Anbetracht der Dinge, die ich mit dir vorhabe, denke ich, dass wir die Formalitäten hinter uns lassen können."

Was hatte er mit mir vor? Ich konnte mir nur ausmalen, was er im Sinn hatte.

„Ich habe vieles mit dir vor", erwiderte er und ich registrierte, dass ich die Frage laut gestellt hatte. „Für heute plane ich, jeden Zentimeter deines Körpers kennenzulernen und herauszufinden, was dich zum Wimmern und was dich zum Schreien bringt. An diesem Punkt werde ich dein Jungfernhäutchen nicht mehr nehmen müssen, Ellie. Du wirst mich anflehen, es mir geben zu dürfen." Seine Hand war zu diesem Zeitpunkt zwischen meine Schenkel gewandert und der Lappen glitt immer wieder über jede Falte. Ich hob meine Hüften und wölbte sie seiner liebevollen Berührung entgegen. Es fühlte sich so gut an! Leider stoppte er und trat um die Wanne, um sich ganz hinten hinzuknien und mir die Haare zu waschen. Seine langen Finger lösten die Knoten in meinen langen Strähnen und massierten meinen Schädel.

Das Wasser erhitzte sich oder vielleicht war das auch meine Haut, aber es wurde zu viel. Ich entspannte meine Muskeln und genoss seine Berührung.

„Oh nein", murmelte er und zog mich nicht gerade sanft unter den Armen nach oben, um mich auf die Füße zu stellen. „Wir können nicht zulassen, dass du ertrinkst." Er schnappte sich ein Handtuch und trocknete mich ganz langsam ab, wobei er darauf bedacht war, den Großteil des Wassers aus meinen langen Haaren zu wringen. „Pfirsichfarben", murmelte er.

Mein Verstand fühlte sich an, als wäre er in einer Nebelschwade verloren, meine Gedanken waren unklar, verschwommen, mein Fokus lag allein auf Mr. Graves – Ryder. Seinen Worten, seinen Händen. Es störte mich nicht einmal, dass ich unbekleidet war, während er nach wie vor vollständig bekleidet war. „Was?"

„Deine Haut. Sie ist pfirsichfarben. Lass uns herausfinden, ob du auch so schmeckst."

Das Zimmer drehte sich, ehe ich mich plötzlich auf dem Rücken wiederfand, die kühle, dennoch weiche Decke unter mir, den harten Körper von Ryder über mir. Sein Kopf senkte sich ein weiteres Mal auf meinen Busen, leckte, wirbelte, saugte. Sein Mund stellte verruchte Dinge an, die mich dazu veranlassten, meinen Rücken durchzudrücken und meine Finger in seinen Haaren zu vergraben. Hielt ich ihn fest oder drückte ich ihn weg? Die Empfindungen, die er mir verschaffte, waren so intensiv, dass sie mich zum Brennen brachten. Wie konnte sein Mund auf meinem Nippel die Stelle zwischen meinen Schenkeln zum Kribbeln, sogar zum Pulsieren bringen? Was auch immer er tat, ich wollte nicht, dass er aufhörte.

Er bewegte seinen Kopf von einem Nippel zum anderen und fuhr in seinem Tun fort. Seine Hand hob sich, um sich auf die Brust zu legen und zu drücken, die vernachlässigt wurde. Er nahm die Spitze zwischen Daumen und Zeigefinger und zupfte daran. Als er sie leicht zwickte, schrie ich auf.

Er hob seinen Kopf und sah auf mich hinab. Eine sandfarbene Locke fiel ihm in die Stirn, was sein wildes, verwegenes Aussehen noch betonte. Er grinste. „Das gefällt dir, hm?"

Gefallen? Ich konnte nicht beschreiben, was ich empfand, weshalb ich einfach nur nickte. Er zwinkerte mir zu und wiederholte die Aktion, er zog kräftig an meinem Nippel und dann zwickte er ihn fest.

Mein Kopf fiel zurück und meine Augen schlossen sich. Ich war überrascht, dass meine feuchten Haare nicht dampften von all der Hitze, die uns umgab.

„Meine Frau mag es ein wenig gröber", murmelte er, wobei sein heißer Atem über meine Haut strich.

Ich mochte es nicht, ich liebte es. Warum gefiel mir bei Ryder selbst die allererste Spur *Grobheit* und als Allen mich berührte –

Ryder hob seinen Kopf und blickte mit seinen hellen Augen zu mir hoch. „Wo bist du hingegangen, Baby?"

Ich wurde steif in seinem Griff, als die Gedanken daran, wie mich Allen berührt hatte, wieder auf mich einströmten. Er hatte mich nicht nackt ausgezogen, sondern nur das Mieder meines Kleides leicht aufgerissen. Seine Hände waren über meinen Körper gewandert und hatten meine Brüste begrapscht. Eine Hand war meine Wade hochgeglitten, aber ihn zu schlagen, hatte dem Einhalt geboten und allem anderen, was er geplant hatte.

„Entschuldige, ich... du hast mir einen Moment Angst gemacht." Ich leckte über meine Lippen, die plötzlich trocken waren.

Er bewegte seinen Kopf sehr, sehr langsam von einer Seite zur anderen. „Ein wenig Angst zu haben, ist gut. Das steigert die Spannung auf das, was als Nächstes kommen könnte. Aber merke dir eines, ich werde dir niemals wehtun." Sein Blick wurde so ernst wie seine Worte. „Glaubst du mir?"

„Ich kenne dich doch kaum." Ich blickte auf ihn hinab, wie sein Gesicht von den weichen Rundungen meiner Brüste eingerahmt wurde.

„Dann lass es mich dir beweisen." Er grinste verschmitzt und rutschte auf dem Bett nach hinten, während er Küsse auf meinen Bauch regnen ließ, tief und tiefer, während seine großen Hände meine Schenkel weit auseinanderschoben. „Genau jetzt." Sein Atem strich über meine weibliche Mitte und seine Finger glitten durch die Locken, die diese verbargen. „Ich habe mich gefragt, welche Farbe sie wohl haben würden." Er zupfte leicht an meinen Haaren, womit ein Hauch von Schmerz einherging.

„Ryder, ich habe nie –" Meine Finger vergruben sich ein weiteres Mal in seinen Haaren.

„Ich weiß, Baby, und das macht mich sehr glücklich." Seine Zunge schnellte nach vorne und leckte über die Stelle, mit der ich allein und im Schutz der Dunkelheit gespielt hatte. Gerade jetzt konnte er mich *dort* sehen, er konnte alles sehen. Die Empfindungen, die ich verspürt hatte, wenn ich mich dort in Minneapolis berührt hatte, waren wundervoll gewesen und hatten mich dazu verführt, es wieder und wieder zu tun, Nacht um Nacht, als wäre ich süchtig, aber das hier… Das hier war etwas völlig anderes. „Ich liebe es, dass die erste Stelle, an der ich dich küsse, deine Pussy ist."

Meine…?

Als sich Ryder niederließ – und genau das tat er, er platzierte seine breiten Schultern zwischen meinen Schenkeln, damit diese weit geöffnet blieben – legte er seinen Mund auf verruchte, skandalöse Art auf mich, von der ich niemals zu träumen gewagt hätte. Sein Mund! Unterdessen raunte er mir beständig Dinge zu. *So wunderschön. Du schmeckst so süß. Ich liebe es, dich so weit gespreizt zu sehen. Du bist fast dort, nicht wahr? Komm für mich.*

Ich war verloren, ganz und gar verloren. Ich war nicht nervös; er ließ mir keine Gelegenheit, so zu fühlen. Sein Mund brachte mich unfassbar schnell zu dieser vertrauten Schwelle, doch als er einen Finger in mich schob, flog ich direkt über den Rand, als würde ich von einer Klippe stürzen. Schweben, fliegen wie ein Vogel, bevor ich zurück auf die Erde taumelte. Ich kam. Ich wusste nicht, was das richtige Wort dafür war, aber es geschah. So heftig, dass sich meine inneren Muskeln gierig um seinen Finger zusammenzogen. Ich schrie seinen Namen, meine Hüften ruckten und hoben sich in dem Bemühen, auch das letzte Quäntchen Lust zu genießen, das er mir entlockte.

Er fuhr fort, mich zu lecken und seinen Finger in mir zu bewegen, bis auch das letzte Beben in meinem Körper verebbt war. Dann, und erst dann, stemmte er sich nach oben. Ich konnte mich nicht bewegen, mein Körper fühlte sich an, als wäre er knochenlos, als wäre ich auf dem Bett geschmolzen.

Sich über mich schiebend, küsste er mich und seine Zunge schob meinen Mund auf. Das war kein harmloses Küsschen auf die Lippen, sondern ein direkter Angriff auf meine Sinne. Seine Lippen waren fordernd, seine Zunge plünderte und eroberte. Ich hegte keinerlei Zweifel daran, dass es so mit ihm sein würde. Er würde mich dafür benutzen, zu bekommen, was er wollte, während er mir im Gegenzug genau das gab, was ich brauchte. Ich mochte einmal gekommen sein, aber ich war noch nicht fertig. Ich war nicht das kleinste bisschen gesättigt; dafür hatte er gesorgt. Ich schmeckte mich selbst an ihm und war überrascht von der offensichtlichen Sinnlichkeit dieser Tat. Es schien, als gäbe es nichts zwischen uns. Das würde keine Ehe werden, bei der nur unter den Decken gefummelt wurde.

„Siehst du? So süß." Seine Hand strich eine verirrte

Locke aus meinem Gesicht, dann glitt sie flüchtig über meine erhitzte Haut und wieder zwischen meine Schenkel, wo er nicht nur einen, sondern zwei Finger in mich schob. Ich wölbte mich, um ihm entgegenzukommen, und presste meinen Kopf in das Kissen. „Du bist so feucht. Tropfnass."

Ich blinzelte. „Ist das… ist das etwas Gutes?"

„Oh Baby, damit sagt mir dein Körper, dass er bereit ist. Mein Schwanz wird direkt in dich rutschen." Er war noch immer angezogen. Seine Kleidung fühlte sich auf meiner empfindlichen Haut rau und kratzig an. Indem er seine Finger tiefer in mich drängte, bearbeitete er mein geschwollenes Gewebe mit meisterhafter Präzision. „Ich kann es spüren, Baby. Dein Jungfernhäutchen. Genau dort. Bist du bereit, es mir zu geben?" Seine Lippen pressten auf eine *sehr* sensible Stelle hinter meinem Ohr.

Ich nickte, wodurch seine Nase an meinem Hals entlang streifte.

Er setzte sich zurück auf seinen Po, sodass sich seine Knie zwischen meinen Schenkeln befanden. Rasch streifte er seine Weste ab, befreite das Hemd aus seiner Hose, öffnete die Knöpfe und schleuderte es zu Boden.

Oh meine Güte. Seine Brust war muskulös und breit. Ein feiner Flaum Haare sah aus, als würde er sich weich anfühlen, und verjüngte sich zu einer schmalen Linie, die in seine Hose führte. Nachdem er vom Bett gestiegen war, stand er auf, öffnete seinen Gürtel und zog seine Hose aus. Bevor ich eine Gelegenheit erhielt, einen Blick auf seine nackte Gestalt zu erhaschen, war er auch schon wieder zwischen meinen Schenkeln und stützte sich auf seinen Unterarm neben meinem Kopf. Ich blickte seinen gebräunten Körper hinab. Seine andere Hand hielt sein... Glied in einem festen Griff und glitt daran hoch und runter. „Ich weiß, ich sagte, ich würde dir niemals wehtun. Doch das hier könnte wehtun, aber es gibt keine Möglichkeit, es zu vermeiden. Denk daran, ich werde dich später nehmen, aber gerade jetzt gibst du dich mir hin."

Er positionierte sich an meinem Eingang, während ich über seine Worte nachdachte. Ich war zu durcheinander, um den Unterschied zu verstehen. Als ich ihn in mich gleiten spürte und er mich weit dehnte, stellte ich das Denken komplett ein und fühlte nur noch, wie er mich öffnete.

Ich begann hektisch zu atmen, während ich mich an ihn gewöhnte und meine Hände gegen seine reglosen Schultern drückte. Ich konnte die krausen Haare an seinen Beinen fühlen, die meine Schenkel kitzelten. „Ryder, du bist zu groß. Es ist zu viel."

Zentimeter für Zentimeter füllte er mich langsam, aber ich konnte mich nicht so schnell an ihn anpassen. Indem ich meine Hüften bewegte, versuchte ich, ihn vollständig aufzunehmen, aber er war so groß!

„Ich werde passen, Baby. Du wurdest für mich gemacht. Ich kann dein Jungfernhäutchen spüren." Er stupste minimal nach vorne. Unser Atem vermischte sich. Sein Duft war kräftig, Kiefern und Natur. Er beobachtete mich, seine hellen Augen lagen eindringlich auf meinem Gesicht. Schweiß stand ihm auf der Stirn, seine Arme waren steif und mit festen Muskeln bepackt, die sein Gewicht über mir trugen. Wir berührten uns nur an unseren intimsten Stellen. Er war geduldig. Ich konnte sehen, welche Selbstbeherrschung es ihn kostete, mir die Zeit zu geben, ihn aufzunehmen. „Alles in Ordnung?"

„Ja", antwortete ich, meine Stimme kaum mehr als ein heiseres Flüstern. Ich fühlte mich voll, von ihm vereinnahmt.

„Heb deine Hüften. Gib dich mir hin, Baby."

Ich holte tief Luft, wodurch sich meine harten Nippel beim Einatmen hoben und über seine Brust streiften. Diese Berührung spürte ich bis in meine Zehen. Ich tat wie geheißen und hob meine Hüften vom Bett, woraufhin er sich nach vorne schob und in einer schnellen Bewegung tief in mich stieß.

Mein Kopf wölbte sich nach hinten wegen der exquisiten Fülle, der Dehnung, der Offenheit und des Brennens, weil ich erobert wurde. Denn genau das war es. Eine Eroberung. Ich gehörte Ryder und das würde ich niemals wieder vergessen können.

Er küsste meine Wange und meine geschlossenen Augenlider. „So, das hätten wir. War es so schlimm?"

„Nein", hauchte ich. „Es hat nicht wehgetan, es ist nur... unangenehm." Ich entspannte meine verkrampften Muskeln und gewöhnte mich endlich an seine Inbesitznahme.

Als mir das gelungen war, zog er sich ein Stückchen zurück und verringerte das Völlegefühl, doch dann glitt er wieder komplett in mich. Ich fühlte, wie sich mein Körper sogar noch mehr entspannte, als er über irgendeine Stelle, irgendeinen geheimen Punkt hinter meinem Jungfernhäutchen rieb. Die Intensität des Vergnügens war sogar noch besser, als wenn ich mich selbst berührte. Mich selbst zu berühren, würde niemals wieder genug sein, jetzt da ich wusste, dass es mehr gab. So viel mehr.

Er bewegte sich erneut. Ich stöhnte.

Wieder. Ich presste meine Knie an seine Hüften.

Noch einmal. Ich grub meine Fingernägel in seine Schultern.

„Ryder, bitte!", flehte ich. Worum genau ich bettelte, wusste ich nicht, nur dass er allein es mir geben konnte.

Die langsamen, sachten Berührungen waren verschwunden. An deren Stelle war ein Mann getreten, der von seinen niederen Bedürfnissen regiert wurde. Er zog sich fast vollständig zurück, sodass nur noch meine Lippen geteilt waren und sich an ihn klammerten, und rammte sich wieder in mich. Wieder und wieder. Sein Kopf senkte sich zu meinem Busen, seine Zunge schnalzte und zupfte an meinem Nippel. Ganz plötzlich kam ich, meine inneren Wände zogen sich um seinen Penis zusammen und wrangen so viel Wonne aus dem Gefühl, von ihm gefüllt zu sein, wie sie konnten. Ich schrie und bohrte meine Fersen in die Rückseite seiner Schenkel, verloren, überwältigt. Mein Inneres nach außen gekehrt.

Mit einem kräftigen Stoß vergrub sich Ryder tief in mir und sein Körper wurde steif. Er knurrte sein

Vergnügen praktisch hinaus, während ich ihn immer wieder pulsieren und mich mit seinem heißen Samen füllen spürte. Er senkte sich auf einen Unterarm, küsste meine feuchte Stirn und fuhr mit seiner Hand darüber, um meine feuchten Locken beiseite zu streichen. Anstatt sich aus mir zurückzuziehen, wie ich es erwartet hatte, rollte er uns so, dass ich auf ihm lag und wir nach wie vor miteinander vereint waren.

4

YDER

ICH FIEL in einen sexbedingten Schlaf und wachte mit einer sehr anschmiegsamen, sehr befriedigten Frau, die auf mir ausgestreckt war, auf. Mein Schwanz war aus ihrem Körper geglitten, aber wurde schnell wieder steif, als ich ihre Brüste an mich gepresst spürte. Sie waren voll und prall und ihre Nippel waren unglaublich. Sie waren hellrosa, zogen sich bei der leichtesten Berührung oder Blick zusammen und waren sehr reaktionsfreudig. Empfindlich. Ellies Haut war so weich, geradezu seidig. Ihr Porzellan-Teint stand in starkem Kontrast zu meiner gebräunten, vom Wetter und der Arbeit gegerbten Haut, wodurch ihre sogar noch femininer wirkte, noch zerbrechlicher, als ich zuerst angenommen hatte.

Ellie. Sie war keine Eleanor. Der Name war zu steif für meine leidenschaftliche Frau. Ellie passte viel besser zu ihr.

Dunkelrotes Haar fiel in einem dichten Vorhang über meine Brust, eine lebhafte Farbe, die beinahe unnatürlich wirkte. Alles an ihr war unwirklich. Eine Fantasie. Eine Fantasie, die zum Leben erwacht war. Sie war meine Frau, sie war hier, nackt und lag auf mir. Sie hatte sich mir *hingegeben*, auch wenn ich ihr kaum eine Wahl gelassen hätte, hätte sie Widerstand geleistet. Der Punkt war jedoch, dass sie sich nicht widersetzt hatte. Sie war so feurig wie ihre Haare.

Ich musste sie noch mal haben. Jetzt. Nachdem ich ihre gespreizten Beine so verlagert hatte, dass sie rittlings auf mir lag, bewegte ich sie, bis mein Schwanz gegen ihren feuchten Eingang stupste. Mein Samen benetzte sie dort noch immer, wodurch es ein Leichtes war, sie nach unten auf mich zu drücken und sie zu füllen.

Daraufhin wachte sie auf, ihr Kopf schoss in die Höhe und ihre Augen weiteten sich vor verschlafener Überraschung.

Ich lag einfach nur da und genoss die Wonne, wieder von ihrer feuchten Hitze umgeben zu sein. Ich musste mich bewegen, aber noch nicht. „Reite mich, Baby."

Ihre glatte Stirn legte sich in Falten, als sie verwirrt zu mir blinzelte. Da sie keine Ahnung hatte, was ich meinte, zeigte ich es ihr stattdessen. Mit meinen Händen, die ihre Hüften umspannten, packte ich sie fest, hob sie hoch und fast vollständig von meinem Schwanz und senkte sie dann wieder nach unten. Sie riss die Augen auf und biss auf ihre Lippe, um ein Stöhnen zurückzuhalten.

Ich neigte mein Kinn in ihre Richtung; meine Hände waren schließlich beschäftigt. „Setz dich auf und reite mich. Zeig mir deinen umwerfenden Körper."

Ich ließ eine Hand zu ihrer Schulter wandern, half ihr, sich aufzusetzen, und beobachtete, wie sich die Erkenntnis auf ihrem Gesicht ausbreitete, als sie mich so tief in sich spüren konnte. „Oh."

Sie verlagerte ihre Hüften und versuchte, sich auf meinem Schwanz niederzulassen. Ich war groß, das stand außer Frage. Eine Jungfrau wie Ellie hatte natürlich noch keine Erfahrung im Umgang mit mir. Ich knirschte mit den Zähnen bei ihren unschuldigen Bewegungen. Sie brachte mich mehr oder weniger um. Ich sehnte mich danach, in sie zu stoßen, immer und immer wieder, bis ich kam und sie ein weiteres Mal füllte. Doch hier würde es um die Erweckung ihres Körpers gehen. Ich wollte dabei zuschauen, wie die Lust sie übermannte. Wollte lernen, was sie erregte.

Sie legte ihre zarten Finger auf meine Brust, fuhr mit ihnen durch die krausen Haare dort sowie über meine Nippel und ich schwöre, ich wurde sogar noch härter. „Beweg dich, Baby", knurrte ich.

Zögerlich hob sie sich auf die Knie und senkte sich wieder nach unten. Ich sah zu und war fasziniert von dem Anblick meines Schwanzes, der in ihrem Körper verschwand, von ihren Schamlippen, die sich weit öffneten, um mich aufzunehmen. Ihr Kopf fiel nach hinten, ihre Augen schlossen sich, als sie sich in ihren Bewegungen verlor. Aufgerichtete Nippel flehten mich an, berührt zu werden, weshalb ich meine Hände hob, um ihre Brüste zu umfangen und mit meinen Daumen über sie zu streicheln.

Aufschreiend begann sie, sich schneller zu bewegen, aber ich merkte, dass sie schnell ermüdete und die unsicheren Bewegungen ihren Körper nicht zum Höhepunkt brachten. Ich leckte über meinen Daumen, griff zwischen unsere Körper und fand ihre harte Klit, die aus ihrem Häubchen ragte und bereit für meine Zuwendungen war. Sie mit langsamen Kreisen stimulierenden, massierte ich sie im Rhythmus zu dem stetigen Auf und Ab ihrer Hüften. Ihre Augen flogen auf und sie starrte mich überrascht an, während ich spürte, dass sich ihre Pussy zusammenzog und wegen ihres Orgasmus pulsierte. Ich hielt ihren Blick und schaute zu, wie sie kam. Ihre Pupillen weiteten sich, sodass das Grün beinahe vollständig verschluckt wurde, und eine intensive, dunkle Röte breitete sich über ihren Hals hinab und auf ihren Brüsten aus.

Ich konnte meinen Samen nicht länger zurückhalten. Sie packte meinen Schwanz in einem festen Griff. Ich war verloren. Der Höhepunkt begann am Ansatz meiner Wirbelsäule, zog meine Hoden zusammen und schoss in einem Schub meines Samens nach dem anderen aus mir. Es bestand kein Zweifel daran, dass ich sie als die Meine markiert hatte.

Ich rang noch nach Atem und hielt Ellies Körper ein

weiteres Mal eng an mich gepresst, als jemand an die Tür hämmerte. Ellie versteifte sich und ihr Kopf schnellte herum und in Richtung des Geräusches. Angst und Panik huschten über ihr Gesicht und ich konnte sehen, dass es nicht daher rührte, dass wir am Ende eines guten Ficks erwischt wurden. Ich hatte alle Zeit der Welt, in Erfahrung zu bringen, was sie bewegte, aber jetzt schien nicht der richtige Zeitpunkt dafür zu sein. War sie einfach nur zurückhaltend oder steckte mehr dahinter?

Wer auch immer an der Tür war, sollte besser im Sterben liegen oder ein Baby bekommen, denn aus Ellies sehr heißer, sehr feuchter Pussy zu gleiten, war das Letzte, das ich tun wollte. Seufzend schob ich sie neben mich auf das Bett. So war ich in der Lage, aufzusitzen und meine Kleider von der Stelle aufzuheben, wo ich sie hastig hingeworfen hatte. „Tut mir leid, Baby. Die Pflicht ruft."

Sie beobachtete mich schläfrig, während ich mein Hemd zuknöpfte, wobei sich ihre Augen auf meinen Sheriffstern hefteten. „Es ist alles in Ordnung. Ich verstehe es." Ihre Stimme war von ihren Lustschreien leicht kratzig.

„Ruh dich aus. Die Reise war lang und ich habe dich hart rangenommen. Wenn ich noch nicht zurück bin, wenn du aufwachst, komm runter zum Gefängnis. Kannst du dich noch daran erinnern?"

Sie nickte, während das Hämmern wiedereinsetzte. „Sheriff!", rief Murphy. Ein alter und vertrauenswürdiger Freund, den ich zum Hilfssheriff ernannt hatte, damit er mir dabei helfen konnte, den Frieden zu wahren. Irgendetwas mit Baxter musste meine Aufmerksamkeit erfordern. Der Mann saß in der Einzelzelle und wartete wegen eines Mordes auf den Amtsrichter und den Galgen. Der Mann würde nirgendwo hingehen, zumindest nicht bis Dienstag, aber bis dahin würde er mir zweifelsohne gehörig auf die Nerven fallen.

Nur ein Sheriff würde dabei unterbrochen werden, wie er seine neue Frau vögelte. Ich hatte sie zweimal gehabt, aber das war nicht annähernd genug. Das Letzte, das ich tun wollte, war sie zu verlassen. Nackt. Ich unterdrückte einen Fluch und beugte mich nach unten, um sie auf die Stirn zu küssen. Wenn ich sie auf irgendeine andere Körperstelle küssen würde, würde ich niemals zur Tür gelangen.

„Geh", sagte sie mir mit sanfter Stimme. „Ich werde schon zurechtkommen." Ich warf noch einen letzten Blick auf ihren fantastischen Körper, ehe ich mich umdrehte und ging, wobei ich den ganzen Weg über leise vor mich hin schimpfte.

5

YDER

Ich wachte desorientiert und verwirrt auf, denn ich wusste nicht, wo ich war. Das Zimmer war mir nicht bekannt und ich war nackt. Bei diesem Gedanken fiel mir wieder alles ein, jede Berührung, jedes Lecken, jeder Stoß. Mein Körper fühlte sich locker, entspannt und wund an. Er zwickte und zwackte an Stellen, an denen ich mir solche Empfindungen niemals vorgestellt hätte. Aber es fühlte sich... gut an. Sehr gut.

Die Sonne war am Himmel weitergezogen. Das sanfte Licht, das durch die Fenster schien, war der einzige Hinweis auf die Tageszeit. Ich lauschte in die Stille; Ryder war noch nicht zurückgekehrt. Wie lange hatte ich geschlafen? Ich fühlte mich entblößt, weil ich ohne Ryder nackt in einem fremden Raum war, weshalb ich ein sauberes Kleid aus meiner Tasche, die er neben der Tür stehen gelassen hatte, holte und anzog. Mrs. Bidwell hatte jeder von uns – Caroline, Emily und mir – kleine Päckchen mitgegeben, die wir unseren zukünftigen Ehemännern schenken sollten. Das Päckchen war noch ungeöffnet, von der Reise etwas in Mitleidenschaft gezogen und ein Rätsel für mich. Ich legte es auf den Tisch, damit Ryder es bei seiner Rückkehr sehen würde. Vor dem Spiegel stehend, der an der Wand über einem Wasserkrug und einer Schale hing, machte ich mich frisch, indem ich einen Lappen benutzte, um die klebrige Essenz zwischen meinen Schenkeln wegzuwischen, wobei ich etwas Blut bemerkte. Anschließend kämmte ich meine Haare und band sie zu einem einfachen Dutt nach hinten.

Nachdem ich mich aus dem Haus gewagt hatte, betrachtete ich meine neue Umgebung. Weites Prärieland, hohe, wiegende Gräser, ein großer, endloser Himmel. Stille. Keine Gaslaternen, keine Pferdehufe, die laut über das Kopfsteinpflaster donnerten. Keine Menschen. Es war auf die schönste Weise verlassen. Die Luft war eine Spur kühler als vorhin, da sich die Sonne weiterbewegt hatte und jetzt gerade oberhalb des westlichen Horizonts hing. Ich lief vom Haus über einen abgenutzten, schmalen Pfad durch das Gras zur Hauptstraße und wandte mich dann zum Gefängnis. Von dort hörte ich erhobene Stimmen, weshalb ich wusste, dass Ryder dort war, was mich sofort beruhigte.

Das Gefängnis war nicht groß, aber aus Stein gebaut, damit es sicherer als die Gebäude aus Holz war. Ich wusste nicht, woher das Material gekommen war – in der Nähe gab es keine Berge – aber ich kannte die Gegend nicht und daher auch keine möglichen Alternativen. Vor den kleinen Fenstern an der Vorderseite und den Seiten waren Stäbe angebracht. Ich drückte gegen die schwere Tür, indem ich mich mit meiner Schulter dagegen lehnte. Sie gab urplötzlich nach und ich fiel praktisch in den Raum. Was ich sah, als ich mein Gleichgewicht wiederfand, war unerwartet und ich keuchte.

In dem Raum befanden sich drei Männer und Ryder stand, die Hände in einer beschwichtigenden Geste vor sich ausgestreckt, neben einem Schreibtisch. Der zweite Mann hielt den dritten sicher um die Taille, in die er eine Pistole bohrte. Derjenige, der mit der Pistole bedroht wurde, war kleiner als Ryder, aber bulliger. Seine Miene war grimmig, aber ruhig.

Der Mann, der ihn gefangen hielt, hatte jedoch schon bessere Tage gesehen.

Ryders Blick huschte zu mir, doch seine Aufmerksamkeit lag weiterhin auf dem Mann mit der Pistole. „Eleanor, dreh dich um und geh. Jetzt!" Den letzten Teil blaffte er und ich machte einen Satz bei seinem Tonfall.

„Ich kann dich hier nicht so zurücklassen!"

„Geh!", brüllte er.

Bevor ich reagieren konnte – die Pistole hatte mich abgelenkt – richtete der Mann die Waffe auf mich.

„Oh, nun, was haben wir denn da?" Der Mann war in seinen Vierzigern und hatte dunkle Haare, die ihm schlaff und fettig in die Stirn und über die Ohren hingen. Seine Kleider waren abgenutzt und schmutzig und der Ausdruck in seinen Augen zeigte, dass er kaum Angst hatte. Ich kannte seine Umstände nicht, aber es machte den Anschein, als würde es seine Lage nicht ändern, wenn er einen oder uns alle verletzte. Flucht war seine einzige Lösung. Da ich im Türrahmen stand, war ich ihm dabei auf jeden Fall im Weg.

Ich trat einen Schritt zurück und näher zur Freiheit. Mein Atem blieb mir in der Kehle stecken.

„Du willst sie nicht in das hier reinziehen, Baxter." Ryders Stimme war tief, ruhig und geschäftig. Er bewegte sich zur Seite, sodass er mich verdeckte. Nein! Ich wollte nicht, dass er erschossen wurde. Ich wollte meine Hand ausstrecken und ihn packen – um mich zu beruhigen und zugleich zu versuchen, ihn irgendwie zu beschützen – aber er war außer Reichweite. In dem Moment sah ich die Pistole, die gegen seinen Rücken drückte und sicher in seinem Gürtel steckte.

„Leg die Pistole ab, lass Murphy gehen und wir werden dem Richter sagen, dass er dich nicht hängen soll", erzählte Ryder ihm. Ich konnte den Mann, den Ryder Murphy genannt hatte, um seinen großen Körper nicht sehen, aber er war so solide und breit wie mein Ehemann gewesen. Ich nahm an, dass der einzige Grund, aus dem Murphy nichts gegen den viel kleineren Angreifer unternahm, in der Waffe bestand, die auf ihn gerichtet war. Ein Schuss hier in August Point bedeutete gewiss den Tod.

„Ich werde hängen, ganz egal, was du sagst. Also lass mich mal das hübsche Mädel hinter dir sehen. Bei all den roten Haaren wette ich, dass sie eine Wilde im Bett ist."

Ryder trat zurück und packte mich an der Taille, sein Griff fest, aber beruhigend. Wie er das tat, ohne auch nur nach hinten zu mir zu schauen, wusste ich nicht. Dann schubste er mich seitlich zu einem großen Schreibtisch, der mit Papieren übersät war. Sein Körper war angespannt, während er mich sicher und komplett hinter sich hielt. „Das ist meine Frau, von der du sprichst."

Ich spähte um Ryders Schulter und sah die Überraschung auf den Gesichtern der beiden Männer. Ich kannte keinen von beiden, aber es war eindeutig, dass beide Ryder kannten und wussten, dass er Junggeselle war. Bis jetzt.

Murphy bewegte sich nicht, sondern verengte seinen Blick lediglich auf Ryder. Ich sah, dass mein Ehemann kaum merklich mit dem Kopf nickte. Bevor ich auch nur blinzeln konnte, hatte Ryder die Pistole hinter seinem Rücken gezogen und Murphy seinen Körper zur Seite und nach unten geworfen. Ryder schoss Baxter direkt in die Stirn. Baxters Körper ruckte nach hinten, als wäre er von einem Muli getreten worden. Blut und Teile seines Kopfes spritzten hinter ihn, dann fiel er mit einem dumpfen Knall zu Boden.

Meine Ohren klingelten und der Geruch von Schießpulver füllte meine Nasenlöcher. Ryder und der andere Mann hasteten gleichzeitig zu Baxters niedergestrecktem Körper, um zu bestätigen, was sie bestimmt schon wussten. Er war tot. Ich war an Ort und Stelle erstarrt, Galle kroch meine Kehle hinauf und blockierte meine Fähigkeit, zu atmen. Bei dem Anblick des Mannes, von dessen Kopf ein Teil fehlte, wurde mir fürchterlich schlecht. Kleine schwarze Punkte schwirrten wie Bienen vor meinem Sichtfeld. Ryder wirbelte herum, trat an meine Seite und schleifte mich nach draußen an die frische Luft.

Er beugte sich an der Taille nach unten und packte meine Schultern, sodass wir uns auf Augenhöhe befanden. „Bist du verletzt?"

Aus irgendeinem Grund war es kalt, geradezu eisig, wohingegen es noch vor wenigen Minuten warm gewesen war. Ich schüttelte den Kopf, leicht verwirrt und dankbar, nicht mehr in dem Gefängnis und weg von der blutigen Szene zu sein. Mit einem Ruck zog er mich in eine innige Umarmung, bei der mich seine Arme fest umschlossen und mich sicher hielten. Ich hätte seinem engen Griff nicht entkommen können, wenn ich es gewollt hätte. Seine Wärme ging auf mich über und ich hörte das stete Pochen seines Herzens. Ich hatte keine Ahnung gehabt, dass das so ein beruhigendes Geräusch war.

„Murphy?", sagte Ryder, dessen Stimme noch immer ruppig war, was in direktem Kontrast zu seiner zärtlichen, dennoch festen, Umarmung stand.

„Mir geht's gut", rief der Mann, der gerade hinter uns aus dem Gefängnis trat.

Seine Schritte sorgten dafür, dass ich mich verspannte. Nicht jedoch Ryder. Er blieb stattdessen ruhig und entspannt. Er küsste mich auf den Scheitel. „Geh und hol Barnes", wies er Murphy an.

Ryder erlaubte mir nicht, mich umzudrehen und zu dem anderen Mann zu schauen. Er ließ nicht zu, dass ich mich überhaupt bewegte.

„Ma'am", murmelte Murphy, bevor ich hörte, wie sich seine Schritte entfernten.

„Wer ist Barnes?", fragte ich, meine Wange an Ryders Brust gelegt. Sein Geruch war jetzt kräftiger und haftete so stark an ihm wie ich.

„Bestatter." Er schob mich nicht gerade sanft nach hinten, damit er mich erneut mustern konnte. An seinem Kiefer zuckte ein Muskel und er sah... verärgert aus. „Warum hast du nicht getan, was ich gesagt habe?" Seine Stimme war ein donnerndes Dröhnen, dennoch leise. Wie konnte das sein?

Mein Mund klappte auf. Wut schwang in seinen Worten mit und malte dunkle Schatten auf sein Gesicht. „Ich –"

„Du hättest verletzt werden können, sogar getötet. Wenn ich dir sage, dass du etwas tun sollst, dann tust du es." Seine Finger drückten meine Schultern mit so viel Inbrunst, wie in seinen Worten lag. „Ohne Fragen zu stellen. Verstanden?" Er schüttelte mich leicht, als würde er denken, dass ich die Worte ansonsten nicht verstehen würde.

Ich hatte mich ihm nicht absichtlich widersetzt. Es war alles innerhalb von Sekunden passiert. Dieser Mann, Baxter, hatte eine Pistole in der Hand gehalten und ich hatte nicht gewollt, dass mein Ehemann erschossen wurde. Ich hatte ihn erst kennengelernt. Nur wenige Stunden zuvor! Doch Ryder schien im Moment nicht darüber streiten zu wollen, weshalb ich zustimmte. „Ja. Ich verstehe." Ich ließ die Anspannung zusammen mit den Worten aus mir strömen.

Er beäugte mich bedächtig, nachdenklich, das Gesicht nach wie vor zu einer harten Grimasse verzogen. „Nein, ich denke nicht, dass du das tust." Indem er meine Hand packte, zerrte er mich zu unserem kleinen Haus. Ich musste rennen, um mit seinen langen, schnellen Schritten mithalten zu können.

„Was machst du denn?", heulte ich außer Atem und stolperte beinahe über einen kleinen Stein.

„Dich bestrafen."

Auf seine Worte hin hörte ich zu laufen auf und fiel fast vornüber, da Ryder nicht anhielt. Er zerrte mich wieder nach oben, ging in die Hocke, sodass seine Schulter in meinen Bauch gedrückt und meine ganze Welt auf den Kopf gestellt wurde. Er hatte mich über seine Schulter geworfen! Während er weiterhin in Richtung Haus stürmte, wehrte ich mich, indem ich mit meinen Händen auf seinen Rücken trommelte, aber es war, als würde ich auf eine Backsteinmauer einschlagen. „Mich bestrafen? Warum?"

„Weil du dich mir widersetzt hast, als da ein Mann mit einer Pistole war. Du hast keinen Gedanken an deine Sicherheit verschwendet und ich konnte Murphy und mir nicht mehr so leicht helfen, nachdem ich auch noch darauf achten musste, dich zu beschützen."

Er öffnete die Tür, lief hindurch und trat sie dann mit einem gestiefelten Fuß zu. Ich rutschte seinen Körper hinab, als er mich auf den Boden stellte, und spürte dabei jeden harten Zentimeter von ihm. „Ryder, ich –"

Einen Finger hochhaltend, schloss er die Augen und nahm sich einen Moment. Holte tief Luft. Anspannung und entfesselte Energie strahlten von ihm ab wie Hitze von einem Feuer. Er hielt sich zurück... für mich, dennoch hatte ich nach wie vor Angst vor seinen Absichten. *Bestrafung?*

„Dreh dich um und beug dich über den Tisch."

Ich warf über meine Schulter einen Blick auf den Holztisch, an dem Mahlzeiten serviert wurden und auf den ich das kleine Päckchen von Mrs. Bidwell gelegt hatte. Mich über den Tisch...?

Jetzt war ich es, die tief Luft holte. „Du willst, dass ich was tue? Aber... warum?"

„Damit ich dir den Hintern versohlen kann. Du musst eine Lektion darüber lernen, wer hier wem gehorcht und die beginnt jetzt."

Ich wich einen Schritt zurück und hielt eine Hand

hoch, um ihn zu stoppen. Als ob ihn das aufhalten würde. „Der Mann hatte eine Pistole!"

Er trat näher. „Genau. Du solltest auf keinen Fall in der Nähe einer solchen Situation sein. Der Mann ist ein Mörder."

Ich wich noch ein Stückchen weiter zurück, während mir das Blut aus dem Gesicht wich. „Mörder?"

„Er hat eine Kutsche gestoppt und einen Kutscher getötet. Baxter verdiente es, zu sterben."

Ich schluckte die Galle, die mir in den Mund gekrochen war. Oh Gott. Wenn ich es mir nicht schon zuvor gedacht hätte, so kannte ich jetzt seine Haltung gegenüber Mördern. Dennoch war er mit einem verheiratet. Was würde er tun, wenn er das herausfand? „Du... du hast mir gesagt, ich solle zum Gefängnis kommen." Meine Stimme verlor ein wenig ihrer Überzeugungskraft.

Eine große Hand fuhr durch seine Haare und legte sich eindeutig frustriert in seinen Nacken. „Ja, Baby, aber als ich dir sagte, du sollst gehen, hast du es nicht getan."

Und ihn einfach dort zurücklassen? „Er wollte dich erschießen!"

Er überwand noch ein Stückchen der Distanz zwischen uns, sodass er über mir aufragte. „Dein Wille, mich zu beschützen, ist rührend und ich werde dich dafür belohnen. Später. Jetzt wirst du deine Bestrafung wie ein braves Mädchen akzeptieren."

Ich wich zurück, wodurch mein Po gegen den Tisch stieß. Ich konnte an keinen anderen Ort ausweichen und sah jetzt, dass er das geplant hatte. Er hatte mich in dem

Glauben gelassen, dass ich ihm entkommen würde, wohingegen ich in Wirklichkeit genau dort war, wo er mich wollte.

„Ich verspreche, dass ich das nächste Mal wegrennen werde."

Seine Kiefer klappten zu und ich war überrascht, dass seine Zähne keine Risse bekamen. „Es wird kein nächstes Mal geben. Einige kräftige Hiebe auf deinen Hintern werden dafür sorgen. Jetzt dreh dich um und beug dich vornüber."

Mein Blick huschte von links nach rechts, während ich meine Fluchtmöglichkeiten abwog.

„Jetzt, Ellie." Seine Worte waren voller Überzeugung und Autorität. Seine Geduld war am Ende. Ich kannte ihn erst seit wenigen Stunden, aber dessen war ich mir sicher. Ich musste seine Bestrafung ertragen. Mir blieb keine andere Wahl.

Langsam drehte ich mich zu dem Tisch um und legte meine Handflächen auf das kühle Holz.

„Beug dich nach vorne." Er war nicht weggegangen, sondern direkt hinter mir geblieben.

Nachdem ich die Lungen voller Luft gesogen hatte, beugte ich mich nach vorne und legte meinen Oberkörper auf die glatte Oberfläche, während meine Finger die gegenüberliegende Kante packten.

Ich spürte die kühle Luft an meinen Schenkeln, als er den Saum meines Kleides hochhob und das Material nach oben schob, sodass es auf meinem unteren Rücken ruhte. Ein Schauder schüttelte meinen angespannten Körper.

Seine Hände glitten um meine Taille, zogen an der Kordel meines Schlüpfers und ich spürte, wie er meine Beine hinabrutschte.

„Heb die Füße", sagte er mit leiser Stimme.

Ich tat wie geheißen und hob einen Fuß, dann den anderen aus dem Schlüpfer.

„Spreiz deine Beine."

Ich konnte mir den Anblick, den ich abgab, nur vorstellen und weigerte mich. Wenn ich meine Beine öffnete, würde er... alles sehen. „Ryder, bitte!"

Ich hörte die Veränderung in der Luft und das laute Klatschen, bevor ich das Brennen auf meinem Hintern spürte. Ich schoss vor Überraschung und Wut in die Höhe. „Au, das hat wehgetan!"

Eine große Hand drückte auf meinen Rücken und zwang mich dazu, mich wieder auf den Tisch zu legen. Seine Hand blieb dort liegen und stellte sicher, dass ich nirgendwo hinging. „Spreiz deine Beine, Ellie."

Sein Schlag brannte, aber er war nicht so schlimm gewesen, wie ich es darstellte. Ich war mehr schockiert als verletzt. Ich tat, was er verlangte, und bewegte meine Beine auseinander.

Nachdem ich das geschafft hatte, hielt er sich nicht mehr zurück, wartete nicht mehr. Er versohlte mir den Hintern, und zwar heftig, wobei er die Seiten abwechselte, bis ich anfing, um mich zu schlagen und zu schreien.

„Ryder, stopp. Bitte! Ich habe meine Lektion gelernt."
Mein gesamtes Hinterteil schmerzte, brannte, dennoch machte er weiter und fand immer neue Stellen, die er mit jedem Schlag seiner Hand in Flammen setzen konnte.

„Das hast du noch nicht, aber du wirst es noch. Es ist meine Aufgabe, dich zu beschützen."

Klatsch.

„Ich bin der Sheriff. Es ist meine Aufgabe, mich um Leute wie Baxter zu kümmern."

Klatsch.

„Du." *Klatsch.* „Wirst." *Klatsch.* „Dich." *Klatsch.* „Nicht." *Klatsch.* „Nochmal." *Klatsch.* „In." *Klatsch.* „Gefahr." *Klatsch.* „Bringen."

Ich begann zu weinen. Ich konnte nicht anders. Mir war noch nie zuvor der Hintern versohlt worden und es war wirklich intensiv! Ich hatte versucht, mich zu winden, hatte versucht, vor den Schlägen wegzurutschen, doch seine Hand auf meinem Rücken hielt mich sicher an Ort und Stelle. Ganz plötzlich gab ich auf. Ich brach auf dem Tisch zusammen und ertrug, was er mir verabreichte. Ich konnte nichts anderes tun, als die Schläge wegzustecken. Ich war im Irrtum gewesen. Ich hatte nicht auf ihn gehört und war nicht gegangen, als er es verlangt hatte. Dadurch hatte ich ihn dazu gebracht, sich nicht nur auf den Pistolen schwingenden Mann zu konzentrieren, sondern auch auf mich. Ich hatte *ihn* in Gefahr gebracht. Und nach dieser Erkenntnis heulte ich noch heftiger.

Nach einer Zeitspanne, die ich nicht einschätzen

konnte, stoppte er und rieb mit seiner Hand über meinen erhitzten, wunden Po. „Ah, Ellie, du hast deine Bestrafung gut ertragen."

Ich schniefte weiterhin.

„Du wirst mir gehorchen, Ellie." Seine Stimme hatte ihre Strenge, den Ärger verloren. Jetzt war sie erfüllt von der Sorge eines Ehemannes.

„Ja, Ryder."

Er entfernte seine Hand von meinem unteren Rücken, sodass beide Hände meinen Po liebkosten. Ich war zu erschöpft, zu geschafft, um mich zu bewegen. Und er wusste das.

Bevor ich verstehen konnte, was vor sich ging, glitt eine Hand zwischen meine gespreizten Schenkel, um mich intim zu berühren.

„Deine Pussy ist ganz feucht, Baby."

Nach den heftigen Schlägen sorgte die hauchzarte Berührung seiner Finger an *dieser Stelle* dafür, dass meine Knöchel weiß wurden, als ich die Tischkante umklammerte. Es war eine ganz andere Art von Hitze, die diese einfache Berührung entfachte.

Ich hörte das Klappern seines Gürtels, Rascheln und dann spürte ich sein Glied, das sich gegen meine Öffnung presste und den winzigsten Bruchteil in mich drängte. Meine inneren Muskeln zogen sich unwillkürlich zusammen, als wüsste mein Körper genau, was er wollte.

„Es ist noch nicht einmal ein Tag vergangen und meine Frau verteidigt mich. Solche Loyalität. Meine kleine Tigerin. Dafür erhältst du eine Belohnung." Mehr sagte er nicht, sondern schob einfach nur seine gesamte Länge in einem langen, geschmeidigen Stoß in mich, bis ich vollständig gefüllt war.

Er war so groß, dass ich mich gefüllt und ausgestopft fühlte. Indem er unter mich griff, verlagerte er meine Hüfte ganz leicht und glitt noch tiefer in mich.

„Oh Gott", stöhnte ich. Ich hatte keine Ahnung gehabt, dass er mich auf diese Weise nehmen konnte.

Er legte eine Hand neben meinen Kopf auf den Tisch, beugte sich nach unten und küsste meinen Nacken. Zärtlich. Dann begann er, sich zu bewegen und das ohne ein Fünkchen Zärtlichkeit.

„Ich liebe es, dich zu ficken. Liebe es, dich so zu sehen, die Röcke nach oben geworfen, die Beine gespreizt." Ryders Stimme war heiser und tief, während er sich in mich rammte. Die Luft entwich meinen Lungen bei jedem Stoß. Er hatte seine Hosen nicht ausgezogen, sondern sie nur so weit geöffnet, um seine Härte zu befreien, denn der raue Stoff strich über die zarte, brennende Haut meines Hinterteils.

Ich spürte, wie seine Finger meine Pobacken spreizten, und fühlte einen Finger nach unten gleiten, so sanft wie ein Schmetterlingsflügel, um mich an dem dunkelsten aller Orte zu berühren. Ich zuckte bei dieser verwegenen, verderbten Berührung zusammen. „Ryder!"

„Das gefällt dir, nicht wahr?" Er unterbrach die Bewegungen seiner Hüften nicht und ich kletterte mit jedem Stoß seines Gliedes gegen diese fantastischen Stellen tief in mir immer höher. „Ich werde dich hier ficken, Baby. Ich werde dich in jeder Hinsicht erobern. Bald."

Sein Finger kreiste, dann drückte er nach vorne, doch mein Körper leistete Widerstand und zog sich fest zusammen, um ihn auszusperren.

„Lass mich rein. Nur ein bisschen, Ellie. Es wird sich wie der Himmel auf Erden anfühlen."

Da war ich anderer Meinung, aber er verlangsamte seine Stöße, was mich seufzen und auf dem Tisch entspannen ließ. Schweiß stand mir auf der Stirn, meine Haut war überhitzt und geschmeidig.

In dem Moment, in dem er spürte, dass ich meine Muskeln lockerte, drückte er in mich und sein Finger glitt nur ein kleines Stückchen in meinen Hintereingang. Ich fühlte mich gedehnt, offen, dennoch brachten mich die Empfindungen, die dieser kleine Finger hervorrief, zum Schreien und Ryder dazu, sich wieder schneller zu bewegen.

„Siehst du, Baby. Nimm deine Belohnung. Komm für mich."

Seine Worte, die Berührung seines Fingers, sein Glied, das mich füllte, verschmolzen miteinander und ließen mich wie ein Feuerwerkskörper explodieren.

Als ich durch die Berührung meiner eigenen Finger gekommen war, hatte es sich gut angefühlt. Als Ryder mich vor einigen Stunden genommen hatte und ich gekommen war, war es unglaublich gewesen. Dieses Mal war es so umwerfend, dass ich Sterne hinter meinen geschlossenen Augenlidern sah, mir der Atem stockte und ich vielleicht für einen Augenblick sogar das Bewusstsein verlor. Ich hörte Ryder vage meinen Namen rufen und fühlte, wie sein Samen mich heiß füllte, ehe sein Körper über meinem auf dem Tisch zusammenbrach. Ein Laut drang durch mein benebeltes Gehirn, bevor ich ins Nichts glitt. *Mein.*

6

YDER

Ich wachte wie üblich mit der Sonne auf. Was ungewöhnlich war, war die Frau neben mir. Ich war kein Mönch; ich hatte genug Frauen gefickt, um meine Bedürfnisse zu befriedigen. Aber ich hatte noch nie zuvor eine Frau in meinem Bett gehabt. Ellies kurvigen, befriedigten Körper die ganze Nacht an meinen gepresst zu spüren, war Himmel und Hölle in einem gewesen. Allein das Gefühl ihres weichen, üppigen Körpers neben meinem war unglaublich und ließ mich vor Lust hart werden. Doch da ich wusste, dass sie höchstwahrscheinlich zu wund war, um mich noch einmal aufzunehmen, hatte ich den Großteil der Nacht wachgelegen und versucht, zu schlafen, aber kläglich darin versagt. Irgendwann war ich in einen ruhelosen Schlaf gefallen, in dem ich von Träumen von Baxter, der sie erschoss, geplagt worden war.

Die Frau war draufgängerisch! Sie hatte meinen Befehl vorsätzlich missachtet, weil sie mich vor dem Mörder hatte beschützen wollen. Mich beschützen! Diese halbe Portion. Ich löste mich aus der Umklammerung ihrer Arme und Beine und kleidete mich für den Tag, wobei ich sie die ganze Zeit beim Schlafen beobachtete. Als ich das Päckchen mit meinem Namen in klarleserlicher Handschrift darauf fand, wusste ich, dass es von Mrs. Bidwell war. Während Ellie schlief, öffnete ich es und fand einige Dinge, von denen die ältere Frau gedacht hatte, dass sie nützlich – und vergnüglich – für meine neue Frau sein würden. Nachdem ich die Schnur aufgezogen und anschließend das Papier abgewickelt hatte, öffnete ich die Schachtel und grinste. Die Frau war sehr scharfsinnig in ihrer Wahrnehmung von Ellie und dem, was sie im Bett gerne tun würde – mich mit ihr machen lassen würde. Ich nahm einen der Plugs für ihren Hintern in die Hand, bevor ich ihn wieder neben ein Glas mit Balsam in die Schachtel warf und alles zurück ins Schlafzimmer trug, wo ich Ellie beim Schlafen zusah.

Ihre helle Haut bildete einen umwerfenden Kontrast zu ihren roten Haaren, die sich locker und wild über ihr Kissen ergossen. Ihre prallen Lippen waren geöffnet und ich stellte mir vor, wie es sich anfühlen würde, sie um meinen Schwanz zu spüren.

„Scheiße", flüsterte ich bei mir, da ich registrierte,

dass es mich schlimm erwischt hatte, insbesondere mit dem Analplug auf dem Nachttisch. Mich abwendend, entfloh ich ihrem Anblick. Das tat ich aus keinem anderen Grund als dem, die Frau vor meiner gewaltigen Lust zu beschützen. Wenn sie mir erst einmal mitteilte, dass sie nicht mehr wund war, würde sie alles kennenlernen, das ich von ihr wollte. Und mehr.

Meine Hauptsorge, abgesehen davon, eine Frau über Mrs. Bidwell zu finden, war es gewesen, Myrna Flanders' Fängen zu entkommen. Die junge Frau war wie ein Greifvogel, der seine Beute beobachtete und über ihr kreiste, während er auf den richtigen Moment wartete, um seine scharfen Krallen in sie zu schlagen und nie wieder loszulassen. Einmal wäre es mir *beinahe* passiert, als ich sie während eines Hagelsturms allein draußen vorgefunden hatte – ich hatte sie ins Gefängnis gezogen, um für ihre Sicherheit zu sorgen und dann schnell realisiert, dass sie sich absichtlich in diese kompromittierende und lebensbedrohliche Situation gebracht hatte. Zum Glück war kurz darauf mein Freund Finn vorbeigekommen und hatte die Rolle unseres Aufpassers übernommen, wodurch ich gerade so dem Ehegelübde entkommen war.

Dieser Moment war der entscheidende Faktor für eine Versandbraut gewesen und wie es schien, war das die richtige Entscheidung für mich gewesen. Nach den kurzen Blicken zu urteilen, die ich gestern auf die anderen zwei Frauen in der Kutsche hatte werfen können, würden mein Freund und ein glücklicher Fremder höchstwahrscheinlich ähnlich zufrieden sein.

Wir hatten uns darauf geeinigt, den Frauen mehrere Wochen zu geben, um sich einzuleben, und dann würden wir einander treffen. Doch in der Spanne eines halben Tages war ich besitzergreifend, beschützend und unersättlich geworden, wenn es um Ellie ging.

Nachdem ich das Feuer im Herd entfacht und die Kaffeekanne zum Brauen über die Flamme gestellt hatte, kehrte ich ins Schlafzimmer zurück und setzte mich auf die Bettkante. Mein Gewicht sorgte dafür, dass sich das Bett neigte und Ellie aufwachte. Langsam öffnete sie ihre Augen. Einen Moment blickten ihre grünen Augen verloren drein, dann erinnerte sie sich wieder. Sie lächelte schüchtern, während ihre Finger die Decke über ihren Körper nach oben zogen.

„Morgen", murmelte ich, während ich mich an ihrer verspäteten Sittlichkeit erfreute.

„Wann bist du zurückgekommen?" Ihre Stimme war rau vom Schlaf und ihre Haare hingen wild zerzaust um ihr Gesicht.

Sie war so reizend, dass ich einfach nicht anders konnte, als sie zu berühren und mit einem Finger über ihre seidige Wange zu streicheln. „Spät."

Murphy hatte den Bestatter geholt, wie ich es verlangt hatte, und der abgefeuerte Schuss hatte die Stadtbewohner herbeigeholt. Die Unruhe, die Baxters Fluchtversuch verursacht hatte, hatte mich stundenlang auf Trab gehalten.

„Es tut mir leid, dass ich eingeschlafen bin." Ellie stemmte sich auf einen Ellbogen.

So süß. „Das ist schon in Ordnung. Du warst müde." Sie errötete wunderschön. Ich bezog mich eigentlich auf ihre lange Reise, doch ihr erster Gedanke galt dem Moment, als ich sie auf unserem Küchentisch genommen hatte und dann noch einmal im Bett. Ich würde sie nicht von diesem Gedanken abbringen. „Baxter wird heute beerdigt werden. Also ist mein Leben jetzt einfacher, da ich ihn nicht für den Amtsrichter in Gewahrsam halten muss. Allerdings hat die Stadt erfahren, dass ich eine Frau habe, und ich denke, wir werden einige Besucher bekommen."

Ein leichter Anflug von Panik flackerte in ihren Augen auf, aber sie unterdrückte ihn rasch. „Du hast ihnen nicht erzählt, dass du nach einer Braut hast schicken lassen?"

Ich zupfte an der Decke und senkte sie ein Stückweit, sodass eine kecke Brust entblößt wurde. Ich sprach, während ich dabei zusah, wie der rosa Nippel hart wurde. „Nein. Hätte ich das getan, hätten Myrna Flanders und ihre Mutter gewusst, dass meine Tage als Junggeselle gezählt sind und sie hätten mir eine Falle gestellt."

Unfähig zu widerstehen, senkte ich meinen Kopf und saugte die pralle Spitze in meinen Mund.

„Oh", keuchte sie und fiel zurück in das Kissen. „Du wolltest nicht... zu... oh Ryder. Ich kann nicht sprechen, wenn –"

Ich hob meinen Kopf gerade so weit, dass ich „Gut" sagen konnte. Ich hatte kein Interesse daran, über Myrna zu reden – oder an sie zu denken – wenn ich Ellies

Nippel in meinem Mund hatte. „Ich bin noch nicht bereit, dich mit der Stadt zu teilen. Ich weiß nichts anderes über dich, als dass deine Nippel und deine Pussy wie Pfirsiche schmecken." Allein die Vorstellung, dass sie von den aggressiveren Wichtigtuern in die Ecke gedrängt und befragt werden würde, ließ mich das Gesicht ärgerlich verziehen.

„Wie können wir ihnen denn aus dem Weg gehen? Die Stadt ist nicht gerade groß. Sie werden hierherkommen, sobald die Uhrzeit angemessen ist."

Ihre Stimme war leise und atemlos und mein Schwanz pulsierte bei dem Laut.

„Wir fliehen."

„Können wir das einfach so tun?", fragte sie überrascht, dass ich das vorgeschlagen hatte.

„Natürlich können wir das tun. Da Baxter in einer Kiefernkiste und nicht in meinem Gefängnis liegt, scheine ich den Tag frei zu haben." Ich streckte die Hand aus, nahm das Päckchen an mich und legte es auf die Decke zwischen uns.

„Das ist das Päckchen, das ich dir von Mrs. Bidwell geben sollte."

Während ich hineingriff, nickte ich. „Ja. Sie hat mir einige Dinge geschenkt, von denen ich denke, dass sie dir gefallen könnten."

Ich wühlte in der Schachtel nach dem kleinsten Analplug und hielt ihn im Anschluss hoch. Ellie betrachtete das kleine hölzerne Objekt und runzelte die Stirn. „Was... was ist das?"

„Es ist ein Plug für deinen Hintern. In der Schachtel sind mehrere drin." Ich hob noch einen hoch, der größer war als der erste.

„Hintern?"

Beide hochhaltend, erwiderte ich: „Erinnerst du dich an gestern Abend, als ich meinen Finger in deinen Hintern eingeführt habe?"

Sie nickte und errötete zugleich. „Ja."

„Ich werde deinen Hintern ficken, aber nicht bevor ich dich vorbereitet habe. Dafür sind die hier gedacht." Ich reichte ihr einen, damit sie ihn inspizieren konnte. „Sie werden dich langsam ein Stückchen dehnen, bis du meinen Schwanz aushalten kannst."

Sie musterte mich aufmerksam, ihre grünen Augen klar und eindringlich. „Ist das etwas, das du willst?"

Was ich wollte? Zum Teufel, ja. „Ja, Baby. Ich will dich in jeder Hinsicht erobern."

„Wird es mir gefallen?" Sie leckte sich bei meinen besitzergreifenden Worten über ihre Lippen. Ich ließ meine Besitzgier deutlich in meinen Worten durchscheinen.

Allein der Gedanke, sie dort zu nehmen, veranlasste mich dazu, auf dem Bett hin und her zu rutschen, um den Druck auf meinem Schwanz zu verringern. „Wie ich sagte, der Himmel auf Erden."

Sie sah nicht aus, als würde sie mir glauben, aber ich wusste ohnehin, dass es nicht funktionieren würde, sie mit Worten zu bezirzen. Ihren Hintern zu ficken, würde sie letztendlich dazu bringen, mir zu glauben. Und um das tun zu können, musste ich die Analplugs verwenden.

„Wir werden jetzt anfangen. Roll dich auf deinen Bauch und zieh deine Knie unter deinen Körper."

Sie beäugte mich misstrauisch, aber gehorchte. Ihr Hintern hatte seine normale blasse, sahnige Farbe angenommen, dennoch war ihre Pussy schön rosa und ihre Lippen geschwollen. Ich hatte sie in diesen Zustand versetzt, ihre Pussy gut benutzt und die Wonnen, die sie dabei empfunden hatte, zeigten sich in ihrer leuchtenden Haut, den befriedigten Augen, sogar in ihrem folgsamen Verhalten.

Nachdem ich erneut in die Schachtel gegriffen hatte, zog ich das Glas mit Balsam heraus, das Mrs. Bidwell in weiser Voraussicht mitgeschickt hatte. Ich öffnete den Deckel, nahm mit dem Finger einen Klecks der kühlen, fettigen Mischung auf und verteilte ihn auf ihrem untrainierten Loch. Es zwinkerte mir zu, da es an keinerlei Aufmerksamkeit gewöhnt war.

„Sachte", beruhigte ich sie. „Dieser erste Plug ist sehr klein. Er wird dich für den Anfang nur ein bisschen dehnen. Wenn er in dir ist, werden wir ihn einige Stunden dort lassen, dann werde ich ihn wieder rausnehmen."

Mein Finger durchbrach ihre Öffnung so weit, dass sich nur die Spitze in ihr befand, sodass der Balsam den Muskelring und die Wände direkt dahinter überzog.

„Einige Stunden?" Sie keuchte, als ich etwas weiter in sie glitt. Sie war so eng.

„Du wirst ihn aufnehmen, Baby, und ich werde dir eine Belohnung geben. Ich werde dich immer belohnen, wenn du ein braves Mädchen bist."

Sie wusste jetzt, welche Art von Belohnung ich ihr geben würde, denn sie hatte es gestern Nacht selbst erlebt. Deswegen entspannte sie ihre Muskeln, war nicht mehr steif wie ein Brett, und mein Finger glitt noch ein Stückchen tiefer in sie.

„Braves Mädchen, Ellie." Ich zog meinen Finger raus und ersetzte ihn schnell mit der glitschigen Spitze des ersten Analplugs. Er war geformt wie ein sehr schmaler Kreisel, das Kinderspielzeug mit der breiteren Mitte. Dieser hier war nicht annähernd so breit wie ein Kreisel, aber er war so breit, dass er wieder schmaler werden konnte, wodurch der Plug sicher in ihr bleiben würde. Er würde sie gerade weit genug für eine anfängliche Dehnung öffnen.

Sie veratmete das Eindringen des Plugs und im Nu befand er sich in ihr. Das Bild des dunklen Endes, das aus ihrem Hintern ragte, ihre geschwollenen Falten, ihre Feuchtigkeit, die über ihre Schenkel rann, war ein wunderschöner Anblick.

„Eine kleine Belohnung jetzt und eine große Belohnung später." Indem ich einen Finger in ihre Pussy schob, vögelte ich sie mit diesem. „Mein Finger jetzt, mein Schwanz später."

Während sie meinen Finger ritt und kam, realisierte ich, dass ich sehr großes Glück hatte.

ZWEI STUNDEN später befand sich Ellies praller, gefüllter Hintern auf meinem Schoß. Sie saß seitlich und ich hielt sie mit meinen Armen um ihre Taille fest, während ich die Zügel meines Pferdes in Händen hielt. Ich hatte sie zu Hause allein gelassen und mich nach draußen zum Mietstall gestohlen, wo ich mein Tier an mich genommen hatte. Ich hatte keine Zeit verlieren oder Aufmerksamkeit auf mich lenken wollen, indem ich mir von Mr. Leudke ein zweites Pferd lieh und satteln ließ. Die Sonne war hinter imposanten Wolken verborgen, aber es bestand keine Regengefahr. Während wir am Südrand der Stadt entlang zum Fluss trabten, hatten wir nichts anderes zu tun, als zu reden.

„Vielleicht können wir ein wenig Zeit damit verbringen, einander kennenzulernen", schlug ich leise vor, während ihr Scheitel unter meinem Kinn ruhte.

„Du meinst abgesehen vom biblischen Sinne?" Ich konnte sie nicht sehen, aber ich wusste, dass sie grinste. Ich konnte es in ihrer Stimme hören. Es gefiel mir, dass sie nicht prüde war. Das passte gut zu ihr.

„Es gibt nichts, das ich lieber tun würde als das, aber du bist sicher vor mir. Vorerst."

Bei meinen Worten rutschte sie auf meinem Schoß hin und her und ich wurde unglaublich hart.

„Ist der Plug zu viel?" Ich wollte ihr nicht wehtun; sie zu dehnen war für die höchste Lust gedacht.

„Nein. Es ist... es ist unangenehm. *Dort*."

Der Sheriff

„Gut. Jetzt erzähl mir etwas über dich."

„Du weißt, dass ich aus Minneapolis komme", begann sie.

„Ja und ich nehme mal an, dass du einen sehr guten Grund dafür hattest, eine Versandbraut zu werden."

Sie versteifte sich, entspannte sich jedoch schnell wieder, aber ich hatte es dennoch bemerkt. Ich konnte es nicht nicht bemerken, während ihr gesamter Körper an meinen gepresst war.

„Meine Eltern starben letztes Jahr. Sie hinterließen mir genügend, aber das hätte mir nicht für immer gereicht. Meine gesellschaftliche Stellung war eine, die es mir nicht erlaubte, zu arbeiten. Ich bin gebildet, aber der Beruf einer Lehrerin war nichts für mich. Es gab kaum eine andere Option, als zu heiraten." Sie hielt inne und zupfte an einem imaginären Fleck auf ihrem hellgelben Kleid. „Ich wurde von einem Mann umworben und wollte seine… Avancen nicht." Ich spürte, wie sie ein Schauder durchlief. „Seine Familie half bei der Gründung der Stadt, weshalb er niemand war, den ich einfach abweisen konnte."

„Also bist du geflohen."

Ihre Schultern hoben sich zu einem lässigen Schulterzucken. „Laut Definition, ja. Mein Leben wurde *für mich* geformt, anstatt *von mir*."

Ihr seidigen Haare kitzelten mein Kinn. Ich lenkte das Pferd den Pfad hinab, der zum Fluss führte, welcher sich in einer tiefen, ausgespülten Rinne durch die Prärie schlängelte. „Dann sind wir uns in dieser Hinsicht sehr ähnlich. Ich sprach kurz von Myrna Flanders." Ich konnte den grummeligen Tonfall hören, der sich allein bei der Erwähnung ihres Namens in meine Stimme schlich. „Sie hatte eine ähnlich Absicht. Unglücklicherweise gibt es für Frauen hier zwar viele Männer, aber nur wenig Auswahl. Ihre Mutter fasste mich als Erste ins Auge und trainierte dann ihre Tochter dazu, genauso *forsch* in ihrer Herangehensweise zu sein."

„Ist irgendetwas nicht ganz in Ordnung mit ihr?"

Ich kam nicht umhin, über ihre vorsichtig formulierte Frage zu lächeln.

„Nein, sie ist tatsächlich ziemlich reizend. Ich möchte sie nur einfach nicht."

Ellie hob ihren Kopf, um zu mir zu schauen, doch stattdessen stieß sie gegen mein Kinn. Ich lehnte mich zurück, damit ich ihre grünen Augen sehen konnte. „Ich... ich war auch ziemlich forsch bei dir. Findest du mich ansprechend?" Ihr Blick huschte zur Seite, um auf den Fluss zu starren, der gerade in Sicht gekommen war.

Indem ich meine Hüften verlagerte, stieß ich mit meinem harten Schwanz gegen ihren runden Hintern. Als ich ihr leises Einatmen vernahm, wusste ich, dass sie es gespürt hatte und dass der kleine Plug tiefer in sie gestoßen worden war. „Ich finde dich ganz eindeutig sehr ansprechend. Daran brauchst du nicht zu zweifeln." Ich schnalzte dem Pferd zu und führte es um eine Kurve im Pfad. „Du hast mir nichts als Lust bereitet, als ich dich gevögelt habe. Ich habe Geschichten darüber gehört, dass

Jungfrauen beim ersten Mal ängstlich, kalt und sogar hysterisch sind. Deine Forschheit steht dir gut."

Ich zog sachte an den Zügeln und das Pferd stoppte. Ich senkte Ellie auf den Boden und folgte ihr daraufhin. Nachdem ich dem Pferd einen sanften Klaps auf seine Flanke gegeben hatte, trottete es davon, um Wasser aus dem Fluss zu trinken.

Ellie drehte sich jetzt forsch zu mir um. „Warum?"

Ich grinste. „Wenn du aushalten kannst, was ich bisher mit dir *gemacht* habe, dann wirst du lieben, was ich noch mit dir tun *werde*."

Sie schluckte und leckte über ihre Unterlippe. Ihre zarte Haut wurde von der Sonne in ein warmes Rosa getaucht. Ich wollte diese Farbe jedoch nur auf ihrer Haut sehen, wenn sie von meiner Hand stammte. „Komm, lass uns etwas Schatten finden und unsere Mahlzeit essen."

7

YDER

Ich knabberte an einem Hühnerbein, während ich meinen Ehemann beobachtete. Er ruhte sich aus und lag auf einen Ellbogen gestützt auf der Decke. Er hatte seine Hemdärmel wegen der Hitze nach oben gerollt und sein Hut lag neben ihm. Seine langen Beine waren so weit ausgestreckt, dass sie über den Deckenrand reichten. Er war so hochgewachsen, so... groß. Allein der Gedanke daran, wie er sich auf mir anfühlte, wenn sein Gewicht dafür sorgte, dass ich seinen Avancen nicht entfliehen konnte. Nicht, dass ich das tun wollte. Ganz im Gegenteil. Abgesehen von den Hieben auf meinen Po hatte ich jede einzelne seiner Zuwendungen genossen. Selbst als er diesen... Plug in meinen Hintern eingeführt hatte. Ich konnte ihn jetzt spüren. Würde ich mir nichts vormachen, dann würde ich zugeben, dass sich das Gefühl der Schläge von Empörung und Scham zu Hitze und Erregung verwandelt hatte. Warum gefiel es mir, wenn er mich so schlug? Warum hatte ich Lust in dem Schmerz gefunden?

„Kennst du die Männer, die Emily und Caroline geheiratet haben?"

Er blickte zu mir, holte anschließend ein Brötchen aus der Satteltasche und riss es entzwei. „Nur einen. Wir sind schon lange Freunde."

„Ihr habt gemeinsam nach zwei Bräuten gesucht?" Es kam mir merkwürdig vor, dass ein Mann, der so männlich und gut aussehend wie Ryder war, nach einer Braut schicken lassen musste, doch seine Geschichte darüber, durch eine Falle in eine Ehe gelockt zu werden, klang glaubhaft. Wenn sein Freund so attraktiv war wie er, konnte ich nur hoffen, dass Emily so zufrieden war wie ich. Was Caroline betraf, so hoffte ich, dass der Fremde, der sie verlangt hatte, genauso akzeptabel war.

„Ich höre Hintergedanken aus dieser Frage heraus." Er stopfte sich ein Stück des Brötchens in den Mund.

Ich glättete meine Röcke und verlagerte vorsichtig mein Gewicht, damit ich nicht gegen den Plug drückte. „Hattest du keine Angst, dass ich eine hässliche Schreckschraube sein würde?"

Er warf seinen Kopf zurück und lachte. „Hässliche Schreckschraube? Mrs. Bidwell war damit beauftragt, Damen zu finden, die bestimmte Kriterien erfüllten. Die

Summe, die wir in ihre Hände legten, war so groß, dass wir das Gefühl hatten, dass ein Erfolg sicher wäre."

„Bestimmte Kriterien?"

„Eine Braut muss eine Jungfrau sein."

„Natürlich", erwiderte ich. Das war keine Überraschung.

„Reizvoll für das Auge." Er hob für jedes Kriterium, das er nannte, einen Finger. „Ohne Bande, die sie zurücklassen müsste und vermissen würde."

Ich glaubte, dass ich recht attraktiv war, dennoch war meine Haarfarbe für die meisten Männer stets abschreckend gewesen. Es gab keine Familie mehr, die mich zurückhalten würde, noch würde ich vermisst werden. Natürlich suchten die Simmons vermutlich aus völlig anderen Gründen noch immer nach mir.

„Die eine Neigung nach *mehr* im Schlafzimmer hat."

Den letzten Teil sprach er aus, während sein Blick direkt auf mich gerichtet war. Ich merkte, dass dies sein wichtigstes Kriterium war. Das Ausmaß des *Mehr* musste noch definiert werden, auch wenn ich auf Grundlage dessen, wie mein Hintern gerade gedehnt wurde, eine gute Vorstellung davon hatte.

„Wie sollte Mrs. Bidwell denn das Letzte herausfinden?"

Ich legte das halb verzehrte Hühnerbein auf eine Stoffserviette. Ryder streckte seine Hand aus, griff danach und biss davon ab. „Sie hat ein Auge für diese Dinge."

„Ach?"

„Abgesehen davon, dass sie Ehen arrangiert, ist sie

auch eine Madame." Er hielt inne. „Du weißt, was das ist?"

Mein Mund klappte auf. Meine Ehe war von einer Frau, die ein Bordell leitete, arrangiert worden? Ich konnte nur nicken.

„Vor einer Weile reisten Wyatt und ich nach Minneapolis, um den Kauf unserer Rinder in die Wege zu leiten. Dabei lernten wir die Frau kennen und machten reichlich Gebrauch von ihren Diensten."

Ich brauchte keine Erklärung, was er damit meinte. Nach seinem Können in der gestrigen Nacht zu schließen, hatte er gewiss von den Erfahrungen profitiert. Genauso wie ich.

„Wyatt hatte nebenbei angemerkt, dass sie Bräute für uns finden sollte. Sie nahm seine Bemerkung jedoch für voll und bot uns ihre Dienste an, sollte die Zeit kommen." Er warf den Knochen über seine Schulter und ins Gras. „Vor einigen Monaten wurde offenkundig, dass die Zeit gekommen war. Jetzt bist du hier."

Es war eine schlüssige Geschichte und ich musste zugeben, dass es sehr schmeichelhaft war, dass ich ausgesucht worden war. „Du bist ein Sheriff, kein Rancher."

„Beides, um genau zu sein. Meine Familie besitzt nördlich der Stadt eine Ranch. Meine Eltern sind mittlerweile gestorben, aber meine Brüder führen sie. Ich arbeitete früher mit ihnen. Ich meldete mich sogar freiwillig dafür, nach Osten zu reisen und mich um die Rinderverhandlungen zu kümmern, wie die Reise nach Minneapolis. Aber ich hatte schon immer einen ausgeprägten

Gerechtigkeitssinn und die Stelle als Sheriff passt besser zu mir."

Der Gedanke, dass er die Wahrheit über mich herausfinden könnte, verdarb den Moment. Was würde geschehen, wenn er von meinen Sünden erfuhr? Wenn seine Abgrenzung von richtig und falsch so exakt war, würde er mich dann ins Gefängnis stecken und dort für den Amtsrichter festhalten, wie er es mit Baxter getan hatte? Oder würde er mich genauso präzise erschießen? Dieser gesamte Gedankengang musste umgeleitet werden.

„Erzähl mir von diesen Neigungen, die du hast."

Seine Augen waren halb geschlossen, das Eisblau dunkler. Eine leichte Brise zerzauste seine sandfarbenen Haare und ließ eine dicke Locke in seine Stirn fallen. Er sah beinahe... raubtierhaft aus. „Ein Plug steckt in deinem Hintern, also hast du schon mal einen Hinweis."

Ich errötete, dennoch drängte ich weiter. „Was noch?"

„Hast du dich jemals zuvor angefasst, Ellie?"

Ich biss auf meine Lippe. „Angefasst... wo?"

Sein Blick glitt meinen Körper hinab. „Deine Pussy. Hast du dort schon mal deine Finger eingeführt? Deine Klit gefunden?"

Ich konnte spüren, dass meine Wangen bei seiner direkten Frage sogar noch heißer wurden. Es gab keinen Ort, an den ich flüchten oder mich verstecken konnte, um der Antwort zu entgehen. Also beschloss ich, ihm genauso direkt zu antworten. „Ja."

Eine Braue wölbte sich. „Hast du dich zum Kommen gebracht?"

„Ich... ich wusste zum damaligen Zeitpunkt nicht, was es war, aber ja."

„Hat es sich gut angefühlt?"

Die Stelle, die ich berührt hatte, pulsierte vor erneut entflammtem Begehren. Mein Körper zog sich um den Plug zusammen. „Ja", gestand ich.

„Zeig es mir."

Meine Augen weiteten sich. „Was?"

Er neigte sein Kinn. „Zeig mir, wie du dich berührst."

Wenn er nach einer Frau gesucht hatte, die *Dinge* tun würde, die die meisten nicht tun würden, und ich seinen Vorgaben entsprach, dann wollte ich keinerlei Zweifel bezüglich Mrs. Bidwells Auswahl bei ihm aufkommen lassen. Ich wollte ihm ganz gewiss keinen Grund dafür geben, mich zurückzuschicken. Er wollte eindeutig, dass ich schamlos war, mich selbst berührte... und mehr. Wenn ich es nicht tat... nun, ich wollte nicht einmal in Erwägung ziehen, ihn zu enttäuschen. Also streckte ich meine Beine aus und platzierte meine Füße schulterbreit voneinander entfernt vor mir, ehe ich meine Knie anzog. Ich zog am Saum meines Kleides und hob es über meine Knie, sodass es sich in meinem Schoß bauschte. Von seinem Platz aus konnte er mir direkt zwischen die gespreizten Beine schauen.

Er schüttelte den Kopf und rügte mich mit einem Zungenschnalzen. „Eine meiner Neigungen ist ein einfacher und direkter Zugriff auf meine Pussy. Und ja, sie befindet sich zwischen *deinen* Beinen, aber sie gehört mir." Er sagte den letzten Teil beinahe schon leidenschaftlich. „Kein Höschen mehr. Zieh es aus."

Ich gehorchte sofort, öffnete die Kordel, hob meine Hüften und schob den Stoff meine Beine hinunter und von den Füßen. Er hielt eine Hand hoch und ich warf es ihm zu. „Das ist besser. Ab jetzt wirst du nichts mehr unter deinem Kleid tragen. Wenn ich darunter greifen und ertasten möchte, wie feucht du bist, kann ich das tun. Wenn ich dich wieder über den Küchentisch beugen und ficken möchte, wird mich nichts daran hindern."

„Ja, Ryder." Ich konnte die Luft auf meiner entblößten Haut fühlen. Ich war so erhitzt, dass sich die Brise kühl anfühlte.

Sein Blick wurde schmal, während er mich... dort ansah. „Spreiz deine Beine weiter und lass deine Knie zur Seite fallen. Ja, genau so."

Ich konnte nicht anders, als seinen Anweisungen Folge zu leisten, denn ich wusste, wie es sich anfühlte, wenn ich kam. Wenn mich das hier dorthin bringen würde, war ich mehr als erpicht darauf. Ich hatte mich immer nur im Schutz der Dunkelheit berührt, wenn alle geschlafen und es niemand mitbekommen hatte. Doch jetzt hatte ich nicht nur ein sehr aufmerksames Publikum, sondern ich war auch noch entblößt; im hellen Tageslicht und auf offener Fläche. Ich fühlte mich... dekadent, verwegen. Doch ich hatte nichts damit zu tun, das war allein Ryders Werk.

„Leg dich zurück und berühr dich. Zeig mir, was sich gut anfühlt."

Ich senkte mich auf die Decke, wobei das Gras unter mir für eine weiche Polsterung sorgte, und starrte hoch zu den bauschigen Wolken. Langsam brachte ich meine rechte Hand zum Scheitelpunkt meiner Schenkel und ließ meine Finger über das Fleisch dazwischen gleiten. Geschwollen und heiß war es feucht und reagierte sehr empfindlich auf meine Berührungen. Ich öffnete meine unteren Lippen, damit ich einen Finger in mein Geschlecht schieben und nachahmen konnte – wenn auch nur sehr dürftig – wie Ryders Glied mich gefüllt hatte.

Indem ich meinen Kopf drehte, konnte ich Ryder dabei zusehen, wie er meine Finger durch halb geschlossene Lider beobachtete. Eine intensive Farbe zierte seine Wangen und seine Kiefer waren fest zusammengepresst. Eine Hand umklammerte die Decke mit festem Griff. Jede Sehne seines Körpers, jeder Muskel war straff gespannt, als würde er sich zurückhalten. Er war erregt von dem, was ich tat, und das wiederum erregte mich. Ich wurde sofort feuchter und ich konnte hören, dass sich meine Finger bewegten. Ich führte auch meine andere Hand nach unten und begann mit zwei Fingerspitzen über die harte kleine Perle zu reiben, die mich dazu brachte, den Rücken durchzubiegen und meine Beine unfassbar weit zu spreizen. Ich wusste, er konnte das Ende des Plugs in meinem Hintern sehen.

„Ryder", rief ich.

Er hob seinen Blick zu meinem. „Komm, Baby."

Das tat ich. Seine Worte ließen mich explodieren. Meine Augen schlossen sich und ich schrie auf, als die Wogen der Lust über mich hinwegspülten. Meine Nippel wurden unter meinem Korsett hart, meine Muskeln verkrampften sich. Meine inneren Wände zogen sich um den Finger in ihrem Inneren zusammen, aber es reichte nicht. Ryder hatte mich ruiniert und meine Berührungen allein genügten nicht mehr. Ich wollte, dass mich sein Glied füllte.

Mehr schlecht als recht lag ich schlaff und befriedigt da. Ich war zu weit weggetreten, um meine Beine zu schließen oder meine Finger aus meiner tropfnassen Spalte zu ziehen. Begierde kribbelte noch immer durch mich, weshalb ich noch angespannt war. Ich war gekommen, aber es hatte mich nicht auf die Weise befriedigt, wie es Ryder am Abend zuvor getan hatte.

„Ich muss dich schmecken." Bevor ich Gelegenheit hatte, mich über seine Worte zu wundern, senkte er sich so, dass seine Schultern meine Schenkel weit spreizten. Seine Zunge glitt unterdessen der Länge nach über meine Pussy und leckte meine Essenz auf. Er hob seinen Kopf und schaute zu mir, sein Mund und Kinn glänzten. „Definitiv Pfirsiche." Danach machte er sich emsig ans Werk und ging mit einer solchen Zielstrebigkeit vor, dass ich sofort wieder kam. Ich war noch so sensibel von meinem ersten Höhepunkt, dass mein Körper bereit, geradezu begierig auf mehr gewesen war.

„Ryder, es ist nicht... es ist nicht genug."

Sich auf seinen Po zurücksetzend, strich er mit seinem Handrücken über sein feuchtes Kinn. „Oh? Brauchst du meinen Schwanz, Baby?"

Ich biss auf meine Lippe und nickte.

Er öffnete seinen Hosenschlitz und sein Glied federte heraus. Ja, das war es, was ich wollte. Meine Pussy zuckte bei dem Anblick seiner langen, dicken Erektion. Hervortretende Adern wanden sich die Länge hinauf zu der großen, pflaumenfarbenen Spitze. Eine klare Flüssigkeit quoll aus der Spitze. Indem er meine Hüften packte, zog er mich auf seine muskulösen Schenkel, brachte sein Glied in Position und stieß tief in mich. Da mein Rücken durchgedrückt war, konnte ich mich nicht bewegen, konnte meine Hüften nicht verlagern. Ich war ganz und gar seiner Gnade ausgeliefert.

„Ah, Baby, ich liebe es, dich so zu sehen." Beim Sprechen bewegte er sich rein und raus. „Deine cremefarbenen Schenkel so weit gespreizt, dass ich sehen kann, wie sich deine Pussy für meinen Schwanz dehnt und so unglaublich feucht ist. Und dieser Plug, er macht dich unfassbar eng."

Ich stöhnte mein Vergnügen im Takt mit seinen wohl bemessenen Stößen hinaus. Er ließ seinen Daumen um die Stelle, an der wir miteinander verbunden waren, gleiten und dann über den Lustpunkt. „Deine Klit ist so hart, so geschwollen. Komm, Baby. Du kommst vor mir. Wenn du das nicht tust, werde ich dich umdrehen, deinen Hintern versohlen und währenddessen zuschauen, wie mein Samen aus deiner Pussy läuft. Erst, wenn dein Hintern schön rot ist, wirst du kommen dürfen."

„Oh Gott", keuchte ich bei seiner sinnlichen Drohung. Die Vision, die er beschrieb, brachte mich an den Rand des Höhepunkts, so nah dran. Als er seine Hüften minimal verlagerte, glitt er vollständig in mich und damit kam ich.

Ich packte die Decke mit meinen Fäusten und wand mich, da ich von den intensivsten, heftigsten Empfindungen übermannt wurde, während Ryder weiterhin in mich stieß und mich füllte. Ich war so verloren in meinem Höhepunkt, dass seine Erlösung nur eine verwaschene Wahrnehmung für mich war mit Ausnahme des Gefühls, das die heiße Flut seines Samens tief in mir erzeugte.

Ich beobachtete ihn, während er kam; angespannte Kiefer, die Haut mit einem Schweißfilm überzogen, gerötete Wangen, die Stirn zu einem Ausdruck gerunzelt, der an Schmerz erinnerte. Sein Griff um meine Hüften war fest und sorgte dafür, dass dort für die nächsten Tage Male seiner Dominanz zurückbleiben würden.

Ryder atmete durch und schob meinen Körper von seinen Schenkeln. Sein Glied war mit einem Film seines Samens und meiner Feuchtigkeit überzogen, nach wie vor steif und hart. In einer fließenden Bewegung hatte er mich auf den Bauch gedreht und zog nun meine Hüften zurück, sodass meine Knie unter mich geklemmt waren genauso, wie er mich positioniert hatte, als er mir den Plug eingeführt hatte. Bevor ich seine Taten auch nur infrage stellen konnte, landete seine Hand auf meinem Po. Hart.

Ich zuckte zusammen und schrie. „Ryder! Was machst du denn?"

Noch ein Schlag, dieses Mal auf die andere Pobacke.

„Dir den Hintern versohlen."

Eine Reihe von Hieben folgte.

Ich heulte auf und kniff die Augen wegen des Brennens zusammen. „Aber warum?"

„Weil ich es kann. Weil du mir gehörst. Weil ich dich noch mal ficken werde." *Klatsch. Klatsch. Klatsch.* „Genau jetzt."

Mit einer Hand hob er meine Hüften hoch und rammte sich in mich. Da war keine Finesse, keine Sanftheit. Das war, was er Ficken nannte, schlicht und einfach. „Du bist so feucht von meinem Samen, Baby. Ich kann dich stundenlang nehmen."

Ich packte ein weiteres Mal die Decke, ballte meine Fäuste und hielt mich fest. Ich erkannte die *Neigungen*, nach denen er jetzt suchte, schnell.

8

LLEN

WIR KEHRTEN in die Stadt zurück, als die Sonne bereits tief am Horizont stand. Ryder hob mich vor dem Mietstall vom Pferd und ich lernte den ersten Einwohner von August Point kennen. Mr. Leudke war in seinen Sechzigern, gedrungen und kräftig. Seine Haare wurden allmählich grau und weniger. Sein Lächeln war breit und freundlich. Er tippte sich an den Hut, als uns Ryder einander vorstellte. Ich fühlte mich leicht unanständig, weil ich keinen Schlüpfer, aber dafür einen Plug in mir trug, während ich mit einem Fremden sprach, insbesondere weil noch getrockneter Samen an meiner Pussy und Schenkeln klebte und mein Po wund von Ryders spontanen Schlägen war. Mein Ehemann schien solche

Bedenken nicht zu hegen. Tatsächlich wies er das Gebaren eines gut befriedigten Mannes auf. Dass er dieses Aussehen wegen mir hatte, befriedigte auch mich.

„Ma'am. Wie ich hörte, haben Sie ein recht turbulentes Willkommen in unserer Stadt erlebt."

Ryders Lippen formten einen schmalen Strich bei der Erwähnung von Baxter. Ich sah die grauenhafte Szene wieder vor mir und wünschte, ich hätte ein anderes Willkommen erlebt. „Ja, nun, ich habe auf jeden Fall mit eigenen Augen einen Eindruck vom Beruf meines Ehemannes bekommen." Ich strich über die Vorderseite meines Kleides.

„Das haben Sie mit Sicherheit."

„Ist irgendetwas vorgefallen, während wir weg waren?" Ryder wollte offenkundig das Gesprächsthema wechseln.

Der ältere Mann fuhr mit seiner Hand über seine kratzigen Bartstoppeln. „Ihre Ehe ist kein Geheimnis mehr, allerdings gibt es noch keine Antworten zu dem Wie, Wann und Warum. Ich denke, Sie werden eine Menge erklären müssen."

Ryder nahm seinem Pferd die Satteltasche ab, von der ich wusste, dass sie meinen Schlüpfer enthielt. Hatte er etwa vor, den die ganze Zeit mit sich herumzutragen?

„Ich habe mir nichts anderes vorgestellt", murmelte er, scheinbar nicht allzu begeistert von der Vorstellung, die Einzelheiten unserer Ehe mit anderen zu besprechen.

„Möchten Sie vielleicht meine Hilfe bei der Verbreitung der Informationen?"

Ich unterdrückte ein Grinsen. Der Mann war ein Klatschmaul!

„Ellie und ich lernten uns vor zwei Jahren kennen, als ich mit Wyatt nach Minneapolis ging. Wir kommunizierten über Briefe und unsere... Liebe wuchs. Ich machte ihr einen Antrag und sie nahm an."

Mr. Leudke und ich starrten während dieser Erklärung beide Ryder an. Der ältere Mann verschlang die Einzelheiten geradezu, damit er sie in der Stadt herumerzählen konnte. Er würde dabei zweifellos im Zentrum der Aufmerksamkeit stehen. Ich hingegen wollte seine Geschichte verinnerlichen, damit meine eigene mit seiner übereinstimmte. Es war nur eine Frage der Zeit, bis wir getrennt würden, und ich ein Teil eines Frauenkreises und mit Fragen bombardiert werden würde.

„Das klingt sehr romantisch, wenn man mich fragt."

„Vielen Dank, Mr. Leudke", sagte ich und lächelte den Mann an.

„Der kleine Robert Dray wurde mit einer stibitzten Zuckerstange vor dem Kaufmannsladen erwischt", fügte Mr. Leudke hinzu und wechselte das Thema.

Während er die Zügel weiterreichte, erwiderte Ryder: „Ich werde mich um ihn kümmern. Haben Sie noch einen schönen Abend."

Der Mann tippte sich erneut an seinen Hut und Ryder führte mich mit sanftem Griff an meinem Ellbogen in die Richtung unseres Hauses. „Wie alt ist Robert Dray?"

„Acht oder neun, glaube ich", antwortete Ryder.

„Was wirst du mit ihm machen?"

„Ich werde ihn ins Gefängnis bringen –"

Ich stoppte abrupt. „Gefängnis? Er ist neun!"

Ryder seufzte. „Ellie, du hast mich nicht ausreden lassen." Ich presste die Lippen zusammen. „Ich werde ihn ins Gefängnis bringen und ihn in der Zelle sitzen lassen, damit er ein Gefühl dafür bekommt, wie es ist, sich auf der falschen Seite des Gesetzes zu befinden. Wenn er sich nicht einnässt oder zu weinen anfängt, werde ich ihn wie ein Falke im Auge behalten, während er älter wird. Das sind diejenigen, die kaum ein Gewissen haben."

„Du wirst ihn nicht dort drinnen sitzen lassen?" Ich ließ mich von ihm die festgetrampelte Durchgangsstraße in flottem Tempo hinab führen.

„Dazu besteht kein Grund. Ein paar Minuten reichen normalerweise völlig aus."

Jedes Mal, wenn wir über irgendeine Form illegaler Aktivität sprachen, verknoteten sich meine Eingeweide vor Sorge. Wenn er schon einem Neunjährigen eine Heidenangst einjagen wollte, dann konnte ich mir seine Pläne nur ausmalen, wenn er erst einmal herausfand, dass ich eine Mörderin war. Die Ehe war höchstwahrscheinlich zum Scheitern verurteilt, da ich bezweifelte, dass er einlenken würde, wenn es um seine strengen Moralvorschriften ging. Ich respektierte ihn dafür, glaubte selbst an sie, dennoch hatte ich in einem flüchtigen Augenblick die Grenze zur anderen Seite überschritten. Mit einem Schlag mit einem Stein war ich zur „*Gesuchten*" geworden.

„Gibt es einen Grund dafür, dass wir so schnell laufen?", fragte ich, während meine Atmung immer keuchender wurde. Meine kurzen Schritte konnten einfach nicht mit seinen langen Beinen mithalten.

„Ich rechne damit, dass wir der halben Stadt begegnen werden. Allerdings ist morgen noch früh genug. Morgen werde ich dich teilen müssen. Ich will in die Sicherheit des Hauses gelangen, bevor uns irgendjemand sieht."

9

YDER

Wie ich befürchtet hatte, erklang das erste Klopfen am nächsten Morgen um zehn Uhr. Und, wie erwartet, waren es Myrna Flanders und ihre Mutter. Sie waren beide in ihre schönste Sonntagstracht gekleidet und die ältere Frau hielt einen Pie in den Händen.

„Wir kommen mit einem Geschenk, um zu gratulieren." Die Frau lächelte, wenn auch angestrengt. Es bestand keinerlei Zweifel daran, dass sie enttäuscht war, dass ich nicht nur Ellie geheiratet hatte, sondern es auch eine Überraschung geblieben war, bis es *Fait accompli* gewesen war.

„Hallo, Mrs. Flanders. Miss Myrna. Dieser Pie sieht

köstlich aus", merkte ich höflich an und streckte meinen Arm aus, damit sie eintraten.

„Pfirsich", fügte sie hinzu.

Ellie kam aus dem Schlafzimmer, als Mrs. Flanders den Pie auf den Küchentisch stellte. Sie war jetzt makellos gekleidet, aber ich wusste, dass sie unter ihren hübschen Kleidern einen großen Analplug trug und kein Höschen. Ich trat ebenfalls in die Küche und kratzte mich am Gesicht in dem Versuch, mein Lächeln zu verbergen, als ich mich daran erinnerte, wie ich Ellie erst neulich abends auf diesem Tisch den Hintern versohlt und sie genommen hatte. Ich stellte die Frauen einander rasch vor aus Sorge, dass Ellie von den zwei Damen überwältigt sein könnte. Sie waren eine ziemliche Naturgewalt. Aber ich lag mit meinen Überlegungen falsch.

Meine Frau lächelte beide Frauen dankbar an, bot ihnen Plätze an und ließ mich Teewasser aufsetzen und den Pie in Stücke schneiden, ehe ich mir eine Bemerkung dazu einfallen lassen konnte, dass das die Aufgabe einer Frau war. Ich konnte Ellie nicht mit dem Duo allein lassen, zumindest nicht bei ihrem ersten Besuch. Daher war es vermutlich eine weise Idee meiner Frau, mich zu beschäftigen und zugleich von den prüfenden Blicken der Frauen fernzuhalten. Ich stellte allmählich fest, dass sie ziemlich intelligent war.

„Ryder hat sehr wohlwollend von Ihnen und anderen Einwohnern der Stadt gesprochen. Ich freue mich so sehr darüber, dass ich echte Freundinnen in Ihnen haben werde."

Da ich von ihnen abgewandt war, verdrehte ich meine Augen darüber, wie geschickt sie mit den Frauen umging. Ein kurzer Blick über meine Schulter zu Myrna Flanders verriet mir, dass echte Freundinnen nichts war, das sie in Erwägung ziehen würde.

„Wir waren alle so überrascht, als wir gestern davon hörten, nicht nur von der Schießerei, sondern auch von Ihrer Ehe."

„Baxter war verzweifelt und handelte irrational", erklärte ich und reichte jeder Frau einen Teller mit Pie.

„Wenn man sich nur vorstellt, dass er diesen Kutscher getötet hat", sagte Mrs. Flanders, die eine Gabel entgegennahm.

„Manche Leute sind bis ins Mark verdorben, Ma'am", ergänzte ich. Ellies aufrechte Haltung wurde auf meine Worte hin sogar noch steifer. Hielt sie sich für verdorben? Glaubte sie, dass das, was wir miteinander taten, sie zu einer schlechten Person machte? Nach ihren leidenschaftlichen Reaktionen zu urteilen, zweifelte ich an dieser Vorstellung.

„Erzählen Sie uns von sich, Eleanor. Wie haben Sie Ryder kennengelernt?" Myrna entschied sich dazu, meinen Vornamen zu verwenden, was auf eine Vertrautheit mit mir hinwies, die nicht existierte. Da Ellie Myrna noch nicht kennengelernt hatte, wusste sie das nicht.

Ellie räusperte sich und sie lächelte mich an, als ich ihr ihren Teller reichte. „Ich wurde in Minneapolis geboren und aufgezogen. Meine Eltern wurden vor einem Jahr getötet."

„Oh meine Liebe, es tut mir so leid, solch traurige Nachrichten zu vernehmen", sagte Mrs. Flanders.

„Vielen Dank. Ryder und ich standen in Briefkontakt, seit wir uns im Jahr davor kennenlernten, als er in die Stadt kam. Nachrichten reisen über eine solche Entfernung nur langsam und er machte seine Absichten deutlich. Als er schließlich meine Reise hierher organisierte, waren viele Monate vergangen. Aber jetzt..."

Sie ließ das Ende offen und die Damen den Satz für sich beenden. Sie konnten sich vorstellen, was auch immer sie wünschten, denn das Ende blieb das Gleiche. Wir waren verheiratet.

Myrna schürzte die Lippen und ich konnte die Wut sehen, die unter der Oberfläche brodelte. Ich setzte mich auf die Armlehne von Ellies Stuhl und legte eine Hand auf ihre Schulter. Beide Frauen erkannten die besitzergreifende Geste als das, was sie war.

Myrna erhob sich als Erste und stellte ihren Teller mit dem unberührten Pie auf den Tisch. Ihre Mutter folgte ihrem Beispiel. Ich stand ebenfalls auf, wie es sich gehörte. „Mutter, ich habe ganz vergessen, dass ich mich mit Mrs. Tanner wegen des Stoffs für meine Winterkleider besprechen sollte."

Ellie stand auf und führte sie zur Tür. „Es ist so schade, dass Sie schon gehen müssen. Das Kleid, das Sie tragen, ist wirklich schick. Ich freue mich schon darauf, zu sehen, was Sie für den Winter anfertigen haben lassen. Ich gestehe, August Point könnte sogar noch kälter als Minneapolis sein und ich werde mich mit Modefragen an Sie wenden."

Ich nickte den Damen mit dem Kopf zu, als sie gingen, und wir atmeten einvernehmlich den angehaltenen Atem aus, als ich die Tür hinter ihnen schloss. „Gibt es noch andere Frauen in der Stadt?", erkundigte sich Ellie, die sich mit einer Hand über die Haare strich.

Bei ihrer merkwürdigen Frage runzelte ich die Stirn. „Ja, selbstverständlich."

„Gut, denn ich bezweifle, dass wir echte Freundinnen werden."

„Du hast gelogen." Ich grinste, als ich die Worte sagte.

„Du hast Pie serviert." Sie erwiderte das Grinsen.

„Ich habe eine gute Tat vollbracht. Was du gemacht hast, macht dich zu einem bösen Mädchen."

Ihre vollen Lippen teilten sich und sie starrte mich an. Die Sekunden vergingen, während ich dabei zusah, wie ihre Gedanken über ihr Gesicht huschten. Schließlich, nachdem sie sich über die Lippen geleckt hatte, sprach sie. „Ja, ich war ein böses Mädchen."

Mein Schwanz wurde hart. Und zwar unangenehm hart, denn Ellie hatte das Spiel hinter meinen Worten erkannt. „Du wirst bestraft werden müssen." Meine Stimme war dunkel und rau.

„Es tut mir leid, Ryder." Sie blickte zerknirscht zu Boden, obgleich sie eine schreckliche Schauspielerin war.

„Dir wird es noch früh genug leidtun. Zieh dein Kleid

aus." Meine Stimme enthielt die Schärfe eines Befehls, als ich meine Hände auf ihre Hüften legte.

Sie hielt für den Bruchteil eines Augenblicks inne, erfasste meine Haltung, mein ernstes Verhalten und gehorchte dann. Der dunkelgrüne Stoff betonte ihre Haare auf vorteilhafte Weise, als würden ihre Strähnen in Flammen stehen. Ich sprach erst wieder, als ihr Kleid zu ihren Füßen lag. „Du hast kein Höschen an. Das ist ein braves Mädchen. Jetzt werde ich dich nicht ganz so schlimm bestrafen müssen."

Sie trug ein schlichtes weißes Korsett, das ihre üppigen Brüste zu cremefarbenen Hügeln nach oben drückte, wodurch der rosa Rand eines Nippels hervorblitzte. Sonst nichts. Die roten Locken am Scheitelpunkt ihrer Schenkel waren dermaßen erotisch, dass ich so lüstern wie ein Teenager war.

„Beug dich über den Tisch. Du kennst die Position ja schon."

Dieses Mal, als ihr keine richtige Bestrafung drohte, tat sie, ohne zu zögern, was ich von ihr verlangte.

Ich lehnte mich über sie, presste meinen Körper auf ihren und flüsterte ihr ins Ohr: „Ist deine Pussy wund, Baby?" Ich strich sachte mit einem Finger über ihre Spalte. Ihr Körper zuckte unter meinem.

Ich hatte sie mehrere Male ohne Pause hart genommen, nachdem ich sie entjungfert hatte, und ihr Schoß war geschwollen und gut benutzt.

„Nein", antwortete sie atemlos, den Kopf zur Seite gedreht.

Ich konnte die Lüge in ihren Augen sehen. „Jetzt lügst du wirklich."

„Na schön, vielleicht ein bisschen. Ich habe keinen Vergleich."

Ich knurrte bei dem Gedanken, dass die Hände irgendeines anderen Mannes sie berührten, und richtete mich wieder auf. „Ich wollte dir für das Spiel nur fünf geben, aber du hast dir noch fünf weitere verdient. Ich bin groß, Ellie, und ich bin nicht sanft. Ich mag zwar grob mit dir umgehen, aber ich werde dir niemals wehtun. Wenn du wund bist, sagst du mir das."

„Ja, Ryder."

„Gut, jetzt zähl laut mit." Das tat sie, doch beim letzten Schlag war ihre Atmung unregelmäßig und sie schrie ihr Unbehagen hinaus. Ihr Hintern war an den Stellen rot, wo meine Hand ihn getroffen hatte, das dunkle Ende des Plugs ragte hervor und ihre Pussy war geschwollen, wie ich es zuvor gespürt hatte, sowie tropfnass. Der Anblick sorgte dafür, dass sich meine Hoden zusammenzogen und mein Schwanz vor Verlangen, sie zu füllen, pulsierte. Doch nicht jetzt, nicht wenn ihre kleine Pussy heilen musste. Ich hatte andere Pläne für sie.

Nachdem ich ihr in eine stehende Position verholfen hatte, drehte ich sie zu mir herum und hielt sie hoch, während sie sich sammelte. „Du wirst meinen Schwanz blasen und meinen Samen aufnehmen."

Sie blickte an meinem Körper hinab und sah die Wölbung meines Schwanzes, der sich gegen die Vorderseite meiner Hose drängte. Ihre Augen weiteten sich auf sehr hübsche Weise vor Überraschung. „Ähm... ich weiß nicht wie."

Ich strich mit einem Finger über ihre volle Unterlippe vor und zurück und freute mich schon darauf, sie um meinen Schwanz zu spüren. „Keine Sorge, Baby. Ich werde es dir beibringen." In einer stummen Anweisung drückte ich auf ihre Schultern und sie sank langsam auf die Knie. Anschließend blickte sie durch ihre rotbraunen Wimpern zu mir hoch. Der Anblick weckte den sehnlichen Wunsch in mir, zu kommen. Zum Glück für sie würde ich bei diesem ersten Mal nicht lange durchhalten. „Hol meinen Schwanz raus."

Zaghafte Finger öffneten meinen Hosenschlitz und nahmen mich in die Hand. Ich zischte laut und meine Hüften ruckten unbeabsichtigt ihrer Berührung entgegen. „Leck über die Spitze wie bei einem Lutscher."

Das tat sie, wobei ihre Augen meinen Blick hielten und nach Zustimmung suchten. Das zögerliche leichte Lecken wie das einer Katze, die aus einem Sahnetöpfchen trinkt, führte dazu, dass sich meine Augen schlossen, meine Fäuste ballten und meine Hoden zusammenzogen. Ich konnte spüren, wie mein Samen zu kochen begann. „Gut", brachte ich hervor. „Jetzt nimm mich ganz in deinen Mund."

„Aber du bist so groß", protestierte sie.

„Baby, Komplimente sind hier nicht mehr von Nöten. Du hast mich bereits an den Eiern."

Ihre Stirn runzelte sich, da sie mit meiner Ausdrucksweise nicht vertraut war, aber als sie mich so tief, wie sie konnte, in ihren heißen, engen, kleinen Mund aufnahm, klappten meine Augen zu. Meine Hände vergruben sich in ihren Haaren, verloren. Ich würde – konnte – nicht lange durchhalten. Sie war zu gut.

„Ich werde kommen. Mein Samen wird deinen Mund füllen, Baby. Mach dich bereit."

Ich stieß meine Hüften ganz leicht nach vorne aus Angst, zu tief in sie zu dringen, und verrieb meine Erlösung direkt auf ihrer Zunge. Schub um Schub meines Samens schoss in ihren Mund und ich hörte ein leises Keuchen der Überraschung, als ich das tat.

Nachdem der Höhepunkt verebbt war, atmete ich harsch aus und wich zurück. Nach unten blickend, schenkte ich ihr ein schiefes, beinahe schon weggetretenes Lächeln. Trotz ihrer Unschuld konnte sie einen Schwanz blasen. Ein Rinnsal meines Samens tropfte aus ihrem Mundwinkel. Ich ging in die Hocke, sodass wir uns auf Augenhöhe befanden, rieb mit dem Daumen darüber und schob die Spitze in ihren Mund. „Leck." Sie gehorchte und ihre Zunge schnellte über die Spitze. „Schluck." Wieder tat sie wie geheißen. „Braves Mädchen."

„Zeit für ein Stückchen von diesem Pie", murmelte ich, stand auf und half Ellie auf die Füße.

Sie griff nach unten, um ihr Kleid aufzuheben.

„Oh, nein. Ich will meinen Pie essen, während du genau so bist."

Sie zog verwirrt eine rote Braue hoch.

„Es ist Pfirsichpie. Ich werde dich auf den Tisch legen, dich weit spreizen und deine Pussy lecken und mich vergewissern, dass du genauso wie echte Pfirsiche schmeckst."

10

LLEN

Wir erreichten die Kirche nur Minuten vor Beginn des Gottesdienstes. Ryder zog mich gerade außerhalb der geöffneten Türen an sich, während das leise Klimpern des Klaviers nach draußen wehte.

Ich sah zu ihm hoch, leicht atemlos von unserem schnellen Tempo.

„Nervös?", fragte er.

„Nein." Er bedachte mich lediglich mit seinem geduldigen Blick. „Na gut, vielleicht ein bisschen."

Er lächelte und beugte sich nach unten, sodass er mir ins Ohr flüstern konnte. „Bist du feucht für mich, Baby?"

Ich spürte, wie meine Wangen rot wurden. Mein Ehemann hatte mich gestoppt, bevor wir gegangen waren und mich gegen die Eingangstür gepresst, um meinen Rock hochzuheben und sich zu vergewissern, dass ich keinen Schlüpfer trug. Dann war er dazu übergegangen, mich hart zu vögeln, während mein Rücken gegen die harte Oberfläche gedrückt wurde und meine Knöchel sicher um seine Taille geschlungen waren. Er hatte sogar einen noch größeren Plug in meinen Hintern eingeführt.

„Wie könnte ich das nicht sein? Dein Samen läuft meine Schenkel runter."

Ein träges, zufriedenes Lächeln breitete sich auf seinem Gesicht aus. „Ich werde mich während des gesamten Gottesdiensts und der anschließenden Feier an deinen Gesichtsausdruck erinnern, als du kamst. Wie du deinen Kopf nach hinten geworfen hast, den Mund geöffnet. Ich werde diese leisen, kehligen Lustschreie hören und lächeln. Die Leute werden denken, dass ich mich nachbarschaftlich verhalte, aber in Wahrheit ist es die Befriedigung eines Ehemannes."

Ich sah zufrieden zu ihm hoch.

„Jetzt du." Er streichelte mit einem Finger über meinen Hals. „Du wirst meinen Samen auf deiner Pussy und deinen Schenkeln fühlen und dich daran erinnern, dass du zu mir gehörst."

„Der Plug in meinem Hintern wird das auf jeden Fall sicherstellen", flüsterte ich.

Er grinste breit.

Seine besitzergreifende Art hätte mich beunruhigen sollen, doch das tat sie nicht. Nicht im Geringsten. Ganz im Gegenteil. Ich liebte es, dass wir Geheimnisse hatten, etwas Intimes, das uns auf eine völlig andere Weise miteinander verband, als es eine Heiratsurkunde tat.

Damit nahm er meine Hand und führte mich in die Kirche. Er hatte nicht übertrieben, als er mir beim Frühstück erzählt hatte, dass alle in der Kirche sein würden; Kleinstädte lebten für Nachrichten jeder Art. Die überraschende Heirat des Sheriffs würde monatelang für Gesprächsstoff sorgen.

Da wir spät dran waren und der Gottesdienst nicht gerade für müßige Plauderei gedacht war, blieb mir eine Stunde Galgenfrist, in der ich zufrieden neben Ryder saß, meinen Körper an seine Seite gepresst. Danach, als ich von einigen verheirateten Frauen in die Richtung eines Gemeindesaals gezogen wurde, um ihnen mit einem Essensbuffet für unsere Hochzeitsfeier zu helfen, war ich auf mich allein gestellt. Ryder würde vielleicht einige Glückwünsche per Schulterschlag von den Männern erhalten, aber nicht viel mehr. Die Frauen jedoch, insbesondere mit Myrna und Mrs. Flanders als Teil der Gruppe, würden gnadenlos sein.

„Ich bin Ann Murphy. Sie haben meinen Ehemann neulich kennengelernt." Die Frau war winzig, reichte nur bis zu meiner Schulter und ein Futtersack wog wahrscheinlich mehr als sie. Ihre dunklen Haare waren zu einem schlichten Dutt frisiert, aber ihre Züge waren zart. Sie war ziemlich hübsch, vor allem da ich sehen konnte, dass ihr Lächeln ihre Augen erreichte. Sie hielt einen Korb in ihrer Hand, dessen Inhalt von einem karierten Tuch verdeckt wurde. Murphy... Murphy.

„Oh! Geht es ihm gut?" Er war der Mann, den Baxter mit der Pistole bedroht hatte.

Ihre Porzellanhaut wurde bei meiner Frage sogar noch blasser. „Zum Glück geht es ihm ziemlich gut. Wie ich hörte, war es eine gefährliche Situation, aber er hat mir versichert, dass er in Sicherheit war." Es war gut möglich, dass sie auf der Suche nach einer anderen Geschichte war als der, die ihr ihr Ehemann erzählt hatte. Wenn der Mann wünschte, ihr nur Halbwahrheiten zu erzählen, um sie zu beschützen, würde ich nichts Anderweitiges sagen.

„Ja. Leider, wir sind uns nur kurz begegnet."

Sie begann, in den Gemeindesaal zu laufen, einen großen Raum, der wahrscheinlich für eine Vielzahl von Veranstaltungen genutzt wurde. Heute wurde er für ein Essensbuffet zur Feier unserer Hochzeit genutzt. Ich folgte ihr. Der Raum war mit ungefähr zehn Frauen gefüllt, die Essen, Teller und Becher auf eine lange Reihe von Tischen stellten. Sie waren alle beschäftigt, unterhielten sich jedoch entspannt miteinander. Die Männer, tja, die waren draußen und warteten darauf, dass sie zum Essen gerufen wurden.

„Dann müssen wir das ändern. Sie und Mr. Graves sollten zum Dinner vorbeikommen. Vielleicht später diese Woche?" Nachdem sie ihren Korb an einer freien Stelle platziert hatte, schlug sie das Tuch zurück und enthüllte Brötchen. Mir lief das Wasser bei dem köstlichen Anblick im Mund zusammen. Sie sah zu mir auf, da sie auf meine Antwort wartete.

„Ja, ich werde mit Ryder sprechen, aber ich bin mir sicher, dass das schön wäre."

Sie lächelte breit. „Lassen Sie mich Ihnen ein paar der anderen vorstellen. Ich nehme an", sie hob ihre Finger an ihre Lippen, „dass Sie die Flanders bereits kennengelernt haben."

Ich sah mich im Raum um und entdeckte das Duo, das auf der anderen Seite des Saals Wasser in Becher goss. „Ja. Ja, das habe ich."

„Dann können wir stattdessen mit Vivian, Laura und Mary anfangen."

Sie rief nach den Frauen und kurz darauf waren wir von ihnen umringt und ich beantwortete Fragen darüber, wie ich Ryder kennengelernt hatte, und verriet Einzelheiten unserer geheimen Romanze. Ich hielt mich an die Geschichte, die wir bisher erzählt hatten, und nach dem zu urteilen, wie mich die Frauen in ihrer Mitte willkommen hießen, schien von ihrer Seite keine Feindseligkeit auszugehen, weil ich mir die sprichwörtliche goldene Gans der Junggesellen geschnappt hatte. Natürlich waren alle drei verheiratet und eine erwartete sogar ganz offensichtlich ein Kind.

Ich beäugte Myrna quer durch den Raum; sie beobachtete mich aufmerksam mit geschürzten Lippen und einer säuerlichen Miene. Die Stadt war zu klein, als dass es nie zu einer Konfrontation mit der Frau kommen würde. Es stand außer Frage, dass es bald geschehen würde, auch wenn ich bezweifelte, dass es beim Lunch in der Kirche passieren würde.

Die Männer mussten gerufen worden sein, denn sie kamen wie eine Herde Elefanten – mit schweren Schritten und laut – durch die Hintertür herein, um eine Schlange vor dem Essen zu bilden. Ich sah Ryder sofort und mir stockte der Atem bei seinem Anblick. Er sah in seinem weißen Hemd und Lederweste so gut aus. Der Stern an seiner Brust verlieh ihm eine noch größere Autorität, die er ohnehin schon von Natur aus ausstrahlte. Sein Blick glitt suchend durch den Raum, ehe er auf mir landete. Sein Mundwinkel hob sich und ich errötete, da ich genau wusste, was er gerade dachte. Als ich meine Schenkel zusammenpresste, fühlte ich die Klebrigkeit zwischen ihnen und den Plug, der mich tief füllte, und Verlangen schoss durch mich.

Ann riss mich aus meinen sinnlichen Gedanken, indem sie mir einen Teller reichte und mich zu der Schlange bugsierte, wobei sie mich angrinste. Ich lächelte schüchtern, da ich registrierte, dass ich erwischt worden war. „Zu Beginn, als ich hörte, dass der Sheriff verheiratet war – mit einer Frau, die so weit weg wohnte – hatte ich so meine Zweifel. Aber so wie Sie beide einander anschauen, kann ich sehen, dass es eine Liebesehe ist." Sie drückte meinen Arm kurz und gesellte sich dann zu ihrem Ehemann.

Sie ließ mich dort stehen und ihre Worte verarbeiten. *Liebesehe*? Ich kannte den Mann doch erst seit drei Tagen! War es möglich, sich in einer solch kurzen Zeit zu verlieben? Ich blickte zu Ryder, der mit einem anderen Mann sprach, während sie sich die lange Tischreihe mit Essen hinabarbeiteten und ihre Teller zum Bersten füllten. Seine Bartstoppeln waren dunkel auf seinen geröteten Wangen und wuchsen bereits schnell nach, nachdem er sie erst diesen Morgen abrasiert hatte. Ich erinnerte mich an das Gefühl dieser Stoppeln auf meiner zarten Haut; der Seite meines Busens, zwischen meinen Schenkeln. Es juckte mich in den Fingern, eben diese durch seine seidigen Haare gleiten zu lassen. Ich liebte es, dass ich an ihnen zerren konnte, wenn er meine Pussy leckte. Und diese großen Hände! Die Liste an Dingen, die er mit diesen anstellen konnte, war ziemlich lang; vom Abfeuern einer Pistole, um mich vor einem Mörder zu beschützen, bis dahin, mich zum Gipfel der Lust zu bringen.

Ich mochte ihn nicht lieben – das war ein neues Abenteuer für mich – aber ich war gewiss auf bestem Weg dorthin. Die Frage war, liebte er mich? Ich stellte mir vor, dass seine Gefühle ziemlich ähnlich aussahen; es war zu früh für Liebe. Es war jedoch wichtig für mich, dass er sie verspürte, denn wenn er die Wahrheit über mich herausfand, wenn er erfuhr, dass ich die Grenze überschritten und mich Leuten wie Baxter angeschlossen hatte, musste ich darauf hoffen, dass jegliche Liebe, die er empfand, mich wenigstens vor dem Galgen bewahren würde.

———

„Ich bin nicht sonderlich erpicht darauf, dich zu verlassen, aber die Pflicht ruft."

Ryder beugte sich über mich, während ich noch im Bett lag. Er hatte mich mit sanften Küssen auf die Stirn aufgeweckt, nur damit ich ihn für den Tag gekleidet vorfand.

Er trug andere Kleider, aber die gleiche Lederweste und Stern. Seine Haare waren feucht und ordentlich gekämmt, auch wenn eine Locke über seine Stirn fiel. Ich griff nach oben und strich sie zurück, nur damit sie wieder nach vorne fiel.

„Warum hast du mich nicht geweckt?"

Er lächelte. „Ich genieße es, dich anzuschauen. Außerdem sahst du zu friedlich aus, um dich zu stören, und nach letzter Nacht brauchtest du deine Ruhe."

Ich zweifelte nicht daran, dass er die Röte auf meinen Wangen sehen konnte. Nach der Kirche war Ryder von einem Streit zwischen zwei Ranchern über eine Grundstücksgrenze aufgehalten worden und bis zum Sonnenuntergang fortgewesen. Ich hatte den Tag verbracht, wie es eine gute Ehefrau tun sollte, indem ich meine Sachen ausgepackt und das Abendessen vorbereitet hatte. Nachdem das Geschirr vom Abendessen aufgeräumt worden war, hatte Ryder die verlorene Zeit wiedergutgemacht, indem er den Analplug aus mir gezogen und anschließend meine Pussy nicht nur einmal, nicht zweimal, sondern dreimal im Verlauf der Nacht gevögelt hatte. Ich fühlte mich wund an Stellen, von deren Existenz ich nicht einmal gewusst hatte. Ein gute Sorte von wund, die nur Ryder hervorrufen konnte.

„Ich muss mich heute Morgen um den kleinen Robert Dray kümmern. Dann muss ich raus zur Todd Ranch, um in Erfahrung zu bringen, ob seine Rinder gestohlen wurden oder einfach nur weggelaufen sind."

„Solange niemand eine Pistole auf dich richtet, werde ich schon zurechtkommen."

Er fuhr mit einem Finger über meine Wange, über meine nackte Schulter. „Du sorgst dich."

Mein Blick hob sich zu seinem. Er schien erfreut von seinem ausgesprochenen Gedanken, dass er hoffte, ich hätte Gefühle für ihn. „Natürlich, tue ich das. Wenn du erschossen wirst, wird mir das nichts nützen."

Er hörte die Verspieltheit in meiner Stimme. „Oh, und warum ist das so?"

„Weil ich Pläne für Ihren ausgezeichneten Körper habe, Mr. Graves." Ich strich mit meiner Hand über seine gesamte Brust und die harten Muskeln seines Bauches.

„Wirklich, Mrs. Graves? Welche Sorte von Plänen?"

Ich stemmte mich auf meine Ellbogen, wobei ich mir bewusst war, dass das Laken, das mich bedeckt hatte, nach unten gerutscht war, um meine Brüste zu enthüllen.

„Die verrate ich nicht. Du kannst dich den ganzen Tag lang fragen, wie sie aussehen."

Sein Blick ließ sich nicht von meinen Nippeln ablenken. Tatsächlich schien er ziemlich hypnotisiert von ihnen zu sein. „Und du kannst dich fragen, ob ich deinen Hintern versohlen werde, *bevor* ich dich ficke, oder *während* ich dich wegen deiner Frechheit ficke." Damit zupfte er leicht an einem Nippel, drehte sich dann um und ging.

Ich war mir nicht sicher, wer in diesem Moment erregter war – er konnte bei seinem Abgang die Wölbung in seiner Hose nicht verbergen und ich konnte nicht leugnen, wie feucht ich allein von der kurzen Berührung meines Nippels geworden war.

11

YDER

Ich knöpfte mir Robert Dray vor, der wie der kleine Junge weinte, der er war, bevor ich auch nur die Zellentür hinter ihm schloss. Es erübrigt sich also, zu sagen, dass er seine Lektion über geringfügigen Diebstahl schnell lernte. Ich bezweifelte, dass ich noch mal Probleme mit ihm haben würde, zumindest nicht bis er alt genug war, um sich zu rasieren. Ab da würden die Konsequenzen härter und die Zeit hinter Gittern länger ausfallen.

Als ich schließlich die Todd Ranch erreichte, waren die vermissten Rinder gefunden worden, weshalb ich zum Mittagessen eingeladen wurde. Wenn ich freundlich sein wollte, konnte ich die Einladung nicht ausschlagen, obgleich ich, so schnell ich konnte, zurück zu Ellie gelangen wollte. Ich war zuversichtlich, dass sie sich an das Leben in August Point anpassen würde und es war wichtig, dass der Übergang reibungslos vonstattenging. Ich musste nicht lange verheiratet sein, um zu wissen, dass eine glückliche Frau bedeutete, dass ich auch glücklich war.

Sie hatte mir ihre genauen Gründe für ihre Registrierung bei Mrs. Bidwell noch nicht verraten. Sie war eindeutig noch Jungfrau gewesen, als ich sie das erste Mal genommen hatte, weshalb ihre Tugend nicht infrage gestanden haben konnte. Sie war kultiviert, gebildet und eine außergewöhnliche Partie für den Mann, der sie für sich beansprucht. Da ich das war, wollte ich an keinen anderen Mann denken, der sie an meiner Stelle hätte haben können. Ellie hatte von einem Verehrer und ihrem Desinteresse an seinem Werben gesprochen. Die einzige logische Erklärung war, dass ihr Interesse daran, eine Versandbraut zu sein, damit zusammenhing, aber wie? Warum? Im Laufe der Zeit würde es mir meine Frau schon erzählen.

Auf dem Ritt zurück in die Stadt wurde mir bewusst, dass ich verzaubert von ihr war. Sie war nicht nur hübsch, sondern auch leidenschaftlich im Bett, eigensinnig und feurig, wie man manchen Leuten zufolge anhand ihrer Haarfarbe erkennen konnte. Zum ersten Mal konnte ich in die Zukunft blicken, in eine, die ich mir selbst erarbeitet hatte und die nicht aus einem Leben auf der Familienranch bestand, die zu führen von mir erwartet worden war. Indem ich den Schritt getan und einen anderen Beruf gewählt hatte, hatte ich die Tradition gebrochen. Ellie zu heiraten wich ebenfalls vom üblichen Vorgehen ab, da den meisten Männern eine Braut aus ihrer Heimatstadt genügen würde. Ich wollte mich nicht mit dem erstbesten zufriedengeben. Nicht in meinem Beruf und nicht in der Liebe.

Liebe. Empfand ich Liebe für Ellie? Zuneigung, ja. Hingabe, definitiv. Besitzgier, absolut. Sie gehörte zu mir und schon bald würde sich ihr Bauch mit meinem Kind runden. Ein kleines Mädchen mit lockigen roten Haaren oder ein Junge mit einem sturen Charakter wie ein Maulesel.

Nachdem ich mein Pferd bei Mr. Leudke zurückgelassen hatte, lief ich zurück zum Gefängnis. Murphy rief mir zu, als er aus dem Lokal zwei Türen weiter trat. Der andere Mann war nur ein Jahr jünger als ich. Wir waren zusammen aufgewachsen, obwohl ich auf der Familienranch gelebt und Murphy in der Stadt bei seinem Vater gewohnt hatte, der den Kaufladen führte. Daher waren wir gute Freunde. Er näherte sich und hielt mir einen Brief entgegen. „Die Kutsche ist durchgekommen und das hier wurde für dich abgegeben."

Ich nahm ihn und warf einen Blick auf das von der Reise in Mitleidenschaft gezogene Papier. Minneapolis. „Danke."

Er ließ mich allein, damit ich den Brief in Ruhe öffnen konnte. Er war von Mrs. Bidwell.

Sehr geehrter Mr. Graves,
ich hoffe, es geht Ihnen gut und Sie sind glücklich mit ihrer

neuen Frau. Ich habe mich bemüht, die richtige Frau zu finden, die Ihren Bedürfnissen entspricht, genauso wie bei Mr. Blake. Auch wenn ich recht zuversichtlich war, dass die Frauen Ihre persönlichen Wünsche in Hinblick auf Erscheinungsbild, Persönlichkeit und Neigungen erfüllten, ist es oft schwierig, die Gründe herauszufinden, aus denen eine Frau eine Versandbraut wird. Im Fall der anderen Frauen, die ins Montana Territorium geschickt wurden, konnte deren Vergangenheit ohne Weiteres überprüft werden. In Bezug auf Miss Adams sind jedoch neue Informationen ans Licht gekommen, bei denen ich das Gefühl hatte, ich sollte Sie postwendend darüber in Kenntnis setzen.

Miss Adams erzählte, dass sie von einem Einheimischen umworben worden war, woraus sich jedoch nichts ergeben hatte. Ihre Gründe wirkten schlüssig und kommen bei den Frauen, die ich kennenlerne, häufig vor. Ein Mr. Allen Simmons, der einer sehr einflussreichen und wohlhabenden Familie in Minneapolis angehört, wurde in letzter Zeit nicht mehr auf den üblichen Festivitäten gesehen, von denen auf den Gesellschaftsseiten berichtet wird. Das an sich ist nicht weiter nennenswert. Allerdings wurde auch erwähnt, dass er ein Auge auf eine Frau mit dem Namen Ellen Oldsmere geworfen hatte, die vermisst wird. Eine Frau mit auffallenden roten Haaren.

Scheiße. Was hatte sich Ellie da nur eingebrockt? Ich sah mich um, betrachtete die Kleinstadt August Point. Das Leben hier war so komplett anders als in einer Großstadt wie Minneapolis, dennoch waren Männer Männer und rothaarige Frauen waren sehr rar.

Am vergangenen Samstag kam Mr. Simmons hierher, um sich an den Diensten meiner Mädchen im Bordell zu erfreuen. Eine kurze Betrachtung seiner Person zeigte, dass er eine große Wunde an der Seite seines Gesichtes hatte, die bis zu seinem Haaransatz zu verlaufen schien, sowie ein blaues Auge. Er erklärte die Verletzungen mit einem Sturz von seinem Pferd und dass er seinen Kopf an einem Stein angeschlagen hätte.

Die Kombination dieser Einzelheiten bewog mich dazu, der Wahrheit auf den Grund zu gehen. Folgendes habe ich herausgefunden: Ihre Frau ist nicht Eleanor Adams, sondern Ellen Oldsmere. Zwischen ihr und Mr. Simmons hat sich etwas ereignet, wodurch er sich die Verletzungen zugezogen hat, die ich erwähnte. Sie nahm einen neuen Namen an und entfloh der Stad mit meiner Hilfe aus Angst entweder vor dem, was sie getan hatte, oder vor den Folgen.

Unabhängig von ihren Taten bin ich nach wie vor der Meinung, dass Miss Oldsmere die passende Wahl für Sie ist. Ich hege keinerlei Zweifel daran, dass sie die perfekte Partnerin für Sie ist. Was Sie mit diesen Informationen anfangen, bleibt Ihnen überlassen, ich empfand es jedoch als meine professionelle und persönliche Pflicht, sie Ihnen mitzuteilen.

Hochachtungsvoll,
Mrs. Bidwell

Anscheinend war meine Ehefrau nicht die Person, die sie zu sein behauptete. Tatsächlich schien sie rechtlich gesehen nicht einmal meine Ehefrau zu sein.

12

LLEN

Einen Korb tragend lief ich die Hauptdurchgangsstraße zum Kaufladen entlang, wobei ich regelmäßig von denjenigen angehalten wurde, die ich in der Kirche kennengelernt hatte, oder von denen, die noch keine Gelegenheit dazu gehabt hatten, aber sie jetzt ergriffen. Ich fühlte mich... zufrieden und glücklich, etwas, das ich seit langer Zeit vermisst hatte. Der Tod meiner Eltern war der Katalysator für die Veränderungen gewesen, die in Allens Tod gegipfelt waren. Die ganze Zeit über hatte ich mich allein gefühlt. Jetzt gehörte ich dazu. Es war nicht nur Ryder, der mir dieses Maß an Geborgenheit schenkte, sondern alle in August Point. Fast alle. Die Furcht, dieses schwere

Gewicht, das ich mit mir herumschleppte, hob sich ebenfalls allmählich.

Nachdem ich den Kaufladen betreten hatte, ging ich zur Theke und bat den Mann um zwei Pfund Kaffee, da ich wusste, dass unser Vorrat zur Neige ging. Als wir einander vorstellten, erkannte ich, dass ich Mr. Murphy Senior vor mir hatte. Er und sein Sohn waren von ähnlicher Statur, hatten ähnliche Gesichtszüge und abgesehen von den grau werdenden Haaren und einigen Falten waren sie eindeutig Vater und Sohn.

„Hallo, Eleanor."

Ich drehte mich um, als ich meinen Namen hörte. Myrna. Ich setzte ein gezwungenes Lächeln auf, da ich an ihrem falschen Lächeln erkannte, dass sie mich nicht aus freundschaftlichen Gründen angesprochen hatte, wie es die anderen Einwohner der Stadt getan hatten.

„Guten Morgen, Myrna", erwiderte ich.

„Es wird nie funktionieren", sagte sie.

Ich sah mich in dem mit Waren vollgestopften Raum um. Wir waren allein, da Mr. Murphy den Kaffee aus dem Hinterzimmer holen musste.

„Was wird nicht funktionieren?", fragte ich.

Ihr Blick glitt über mich. „Ihre Ehe. Ich meine, schauen Sie sich doch nur an." Ihre Stimme war stichelnd und gemein. „Ich kann mir die Gründe für Ihre Abreise aus Minnesota nur ausmalen."

Sie konnte den wahren Grund nicht erraten haben. Ich war nicht so egoistisch zu denken, dass ich so wichtig war, dass die Nachricht des Zwischenfalls Myrna erreicht hatte. Sie spielte auf etwas völlig anderes an.

„Und was wäre das?" Ich betrachtete sie hochmütig. *Ich* war mit Ryder verheiratet. Es spielte keine Rolle, was sie von mir hielt, er gehörte trotzdem zu mir.

„Ihre Verwerflichkeit hat Sie eindeutig übermannt." Sie blickte von oben auf mich herab. Wenn sie ihr ständiges Stirnrunzeln und negatives Auftreten einstellen würde, wäre sie ziemlich hübsch.

„Verwerflichkeit?"

„Es gibt Namen für Frauen wie Sie." Sie rümpfte die Nase. „Dirne, Schlampe."

„Oh, vergessen Sie Hure nicht", fügte ich hinzu.

Ihr Mund klappte auf, als ich ihr zustimmte, anstatt mit ihr zu streiten. Sie wäre ohnehin nur zufrieden, wenn ich aus einer abfahrenden Kutsche zum Abschied winken würde.

„Tja, dann muss es wohl stimmen."

Ich zuckte mit den Schultern. „Sie werden doch sowieso von mir denken, was Sie wollen, Myrna. Sie hätten mich auch direkt fragen können, welche Gründe ich hatte, Minneapolis zu verlassen, oder Sie könnten sich die Geschichten anhören, die sich in der Stadt herumsprechen. Stattdessen stellen Sie Ihre eigenen Vermutungen an."

„Dann bin ich froh, dass ich Ryders wahre Natur aufgedeckt habe, bevor ich ihn geheiratet habe. Ich würde mich nicht mit einem Mann abgeben wollen, der sich so weit erniedrigt, das Leben einer Hure zu führen."

Jetzt wurde ich wütend. Es war eine Sache mich mit Verleumdungen und Beleidigungen zu bewerfen. Es war eine ganz andere Sache, schlecht von Ryder zu sprechen. Ich trat einen Schritt näher zu ihr, wobei ich die wenigen Zentimeter, um die ich sie überragte, nutzte, um mich über ihr aufzubauen. „Wollen Sie etwa andeuten, dass Mr. Graves –", ich betonte seinen Namen glasklar, um darauf hinzuweisen, dass sie nicht die Erlaubnis hatte, seinen Nachnamen einfach so zu benutzen, „keine tadellosen Standards hat?"

„Er ist mit Ihnen zusammen, oder nicht? Einem Mann mit solch niederen Bedürfnissen kann man nicht trauen. Tatsächlich stelle ich seine Fähigkeit, unsere Gemeinde zu beschützen, infrage."

Die Frau war so aufgebracht, Ryder an mich verloren zu haben... an irgendjemanden, um genau zu sein, dass sie, ohne nachzudenken, sprach. Obwohl ich das wusste, konnte ich ihre Worte einfach nicht entschuldigen. Und meine Wut auf sie entschuldigte nicht meine nächste Tat, aber es gab keine andere Wahl. Sie hatte meinen Ehemann beleidigt. „Sie können über mich sagen, was Sie möchten, Miss Flanders, aber Sie werden nicht so über meinen *Ehemann* reden."

Also verpasste ich ihr einen Schlag auf die Nase.

Sie schrie und ihre Hände schnellten nach oben, um ihr blutendes Gesicht zu verdecken.

Mr. Murphy kam aus dem Hinterzimmer gerannt und sah mich direkt vor einer weinenden und blutenden Myrna Flanders stehen. Sein Mund war zu einem schmalen Strich zusammengepresst, aber er sagte nichts. Nachdem er Myrna ein sauberes Taschentuch gereicht hatte, half er ihr, sich auf einen Hocker zu setzen, und umsorgte sie.

Ich schüttelte mein Handgelenk aus – das hatte wehgetan! – und nahm das braune Päckchen, das er von hinten mitgebracht hatte, an mich. „Vielen Dank, Mr. Murphy. Bitte setzen Sie den Kaffee auf die Rechnung meines Mannes." Es gab nichts anderes mehr zu tun, als zu gehen. Die Nachricht über meine Taten würde sich schneller in der Stadt herumsprechen, als ich die Entfernung nach Hause laufen konnte. In diesem Moment war mir das herzlich egal. Ich hatte verteidigt, was mir gehörte, genauso wie mich Ryder hinter sich gezogen hatte, als Baxter bewaffnet gewesen war. Da wusste ich, dass ich alles für den Mann tun würde, selbst ihm die Wahrheit erzählen. Die Wahrheit über meine Vergangenheit, darüber, was ich getan hatte, denn ich liebte ihn. Er verdiente es, zu wissen, mit wem er in Wirklichkeit verheiratet war. Ich musste nur hoffen, dass er mich im Gegenzug genug liebte, um es zu verstehen.

13

YDER

ALS ICH NACH HAUSE ZURÜCKKEHRTE, war ich fuchsteufelswild, dass Ellie nicht da war. Zuerst. Dann wurde mir bewusst, dass es besser so war. Ich brauchte Zeit, um mich zu beruhigen und darauf vorzubereiten, sie zu befragen und ihr vernünftig und mit klarem Kopf zuzuhören. Als sie zurückkam, einen Korb in der Hand, war ich bereit.

Sie stellte den Korb auf den Tisch und lächelte. „Ich weiß, ich muss ehrlich mit dir sein und dir etwas erzählen –" Ihr Lächeln und ihre Stimme gerieten ins Wanken, als sie zu mir sah. „Was ist los?"

Ich saß am Tischende, die Hände im Schoß gefaltet. „Ich weiß, was du getan hast."

Ihre Augen weiteten sich vor Überraschung. „Neuigkeiten verbreiten sich wirklich schnell." Sie zog einen Stuhl heraus und setzte sich mir gegenüber, ihre Haltung gerade, das Kinn gereckt.

Also *hatte* sie den Mann geschlagen. Wie war sein Name nochmal? Simms? Simmons.

„Ja, sie können einem gewiss folgen. Hast du es absichtlich getan?" Mein Ton war ruhig. Flach.

„Ja."

„Du bist mit einem Gesetzeshüter verheiratet und solltest den Unterschied zwischen richtig und falsch sehr gut kennen."

„Manchmal macht man das Falsche, wenn man keine andere Wahl hat", entgegnete sie. Ihr Blick war ruhig, als sie sich setzte. Sie zappelte nicht herum, schwitzte, weinte oder flehte nicht. Nichts. War sie so kaltherzig und ich war einfach nur geblendet von Lust gewesen und hatte es nicht bemerkt?

„Ellie, du musst dich trotzdem den Konsequenzen stellen."

Ihr Mund klappte auf. „Du wirst mich ins Gefängnis stecken?"

Ich seufzte. Es fühlte sich an, als würde mir das Herz aus der Brust gerissen. Ich hielt inne, überdachte meine Gedanken. *Mein Herz wurde mir aus der Brust gerissen.* Wie konnte ich nur in diese kaltherzige Frau, die mir am Tisch gegenübersaß, verliebt sein? Mein Kiefer zusammenpressend und meinen Entschluss fassend, erkannte ich die Wahrheit. Ich war es. Ich war in Ellie *verliebt*. „Ich will die Wahrheit wissen. Jedes einzelne Detail. Dann werden wir sehen."

„Na schön." Sie legte ihre Hände auf den Tisch und verschränkte sie vor sich. „Ich habe sie geschlagen, aber sie hat es verdient. Ich weiß, ich hätte es nicht tun sollen, aber sie hat es nicht anders verdient bei den Beleidigungen und –"

Ich hielt meine Hand hoch und stoppte ihre Worte. Was hatte sie gesagt? *Sie*? „Von wem redest du?"

Sie runzelte die Stirn. „Myrna Flanders."

„Du hat Myrna Flanders geschlagen?", fragte ich verblüfft.

„Nun, ja. Sie sagte schlimme Dinge über dich und ich konnte sie einfach nicht weitersprechen lassen, also habe ich –" Sie fuchtelte mit ihrer Hand durch die Luft, um ihre kleine Rede zu untermalen.

„Myrna Flanders?", wiederholte ich. Was hatte Myrna Flanders mit dem Mann in Minneapolis zu tun?

Sie hielt inne und starrte mich einfach nur an, eindeutig genauso verwirrt wie ich. „Von wem sprichst du denn?"

„Allen Simmons."

Jegliche Farbe wich aus ihrem Gesicht, sodass ihre roten Haare geradezu leuchteten. Sie leckte sich über die Lippen. „Wie...?"

Ich hielt den zerknitterten Brief hoch und warf ihn über den Tisch, sodass er vor ihr landete. Mit zitternden Fingern nahm sie ihn an sich und öffnete ihn. Ich schwieg, während sie las und versuchte, die

Emotionen, die über ihr Gesicht huschten, einzuschätzen.

Ihr Kopf schnellte in die Höhe. „Er ist nicht tot!"

Ich verzog das Gesicht. „Du dachtest, du hättest ihn getötet?"

„Ja." Ellie begann zu weinen. Weinen war nicht die richtige Bezeichnung. Sie schluchzte, eine Hand hatte sie gehoben, um ihren Mund zu verdecken.

Sie weinte vor Erleichterung und Schmerz und ich wollte zu ihr gehen, sie hochheben und trösten. Ich konnte mir nur ausmalen, was der Mistkerl getan haben musste, dass sie ihn geschlagen hatte. Nach der Wunde zu urteilen, die Mrs. Bidwell beschrieben hatte, musste sie ihn mit etwas recht Schwerem und mit ziemlich viel Wucht geschlagen haben. In der Annahme, sie hätte einen Mann getötet, war sie geflohen, hatte ihren Namen geändert und war eine Ehe mit einem Fremden eingegangen, nur damit sie weiterhin in Sicherheit war. Wenn der Mann so gute Verbindungen hatte, wie der Brief sagte, wäre sie vor Gericht gebracht und wegen Mordes verurteilt worden.

Sie war aus der Kutsche gestiegen in dem Glauben, dass sie eine Mörderin war, die mit einem Mann des Gesetzes verheiratet war!

An Trost konnte jetzt noch nicht gedacht werden. Nur an die Wahrheit. Nachdem ihr Weinen zu leisem Schniefen verebbt war, reichte ich ihr ein Taschentuch aus meiner Tasche. Erst, als sie es benutzt hatte, um sich über die Augen zu wischen, drängte ich weiter auf sie ein. „Erzähl es mir, Ellie. Erzähl mir alles."

Sie blickte mit panischen, wässrigen Augen zu mir hoch. „Was ich dir erzählt habe, war die Wahrheit. Ich wurde von Allen Simmons umworben. Er war... ist... reich, hat gute Verbindungen und ist heiratsfähig. Er hatte aus irgendeinem Grund ein Auge auf mich geworfen. Einige Monate lang nahm er mich mit auf Partys, zum Abendessen, Spaziergänge. Stets der perfekte Gentleman. Bis er eines Tages in meinem Garten seine... Annäherungsversuche forcierte."

„Er versuchte, dich zu vergewaltigen." Ich sprach es für sie aus.

Sie nickte leicht. „Ja. Er hatte mich auf den Boden gerungen und ich wehrte mich, fand einen Stein, der Teil der Umrandung des Blumenbeets war. Seine Hand glitt unter meinen Rock und ich schlug ihn. Fest."

Ein Schauder schüttelte sie. Meine Hände ballten sich bei ihren Worten in meinem Schoß zu Fäusten. Der Mann hatte beabsichtigt, sie zu vergewaltigen, und er lebte noch. Sie mochte froh sein, dass er nicht tot war, aber ich empfand nicht das Gleiche.

„Also bist du geflohen."

„Ich hätte nicht erklären können, was passiert war. Niemand hätte mir geglaubt." Sie deutete auf ihre Haare. „Du wärst überrascht, welch lächerliche Dinge die Leute wegen meiner Haarfarbe zu mir gesagt haben... immer noch sagen. Verführerin, Sirene, Schlange. Die Simmons Familie hat so gute Verbindungen, dass sie die Polizei dazu hätte bringen können, mir die Taten des Mannes in die Schuhe zu schieben und mich in einem völlig falschen Licht darzustellen."

„Wie bist du dann bei Mrs. Bidwell gelandet?"

„Ein paar Monate vorher sah ich eine Anzeige in der Zeitung und erinnerte mich daran. Mir fiel nichts anderes ein. Ich hatte nur wenig Geld, gewiss nicht genug, um so weit von der Stadt wegkommen zu können, dass mich die Simmons Familie nicht finden würde, oder dass die Leute nicht von dem... Mord gehört hätten." Sie schluckte, als sie den letzten Teil aussprach. „Meine roten Haare hätten mich überall, wo ich hinging, verdächtig gemacht."

Ich stand abrupt auf, wodurch mein Stuhl über den Holzboden kratzte. Sie zuckte bei meiner Bewegung zusammen. Ich war zu aufgebracht, um sitzen zu bleiben. Sie sah mit tränenüberströmtem, verängstigtem Gesicht zu mir hoch.

„Hättest du mir jemals davon erzählt?"

„Dass ich dachte, ich sei eine Mörderin?"

Ich nickte.

Sie stand ebenfalls auf und trat nach vorne, aber stoppte. „Ja! Das war es, was ich dir erzählen wollte, als ich hereinkam. Mir war klargeworden, dass das, was wir miteinander teilen, selbst nach solch kurzer Zeit, Ehrlichkeit verdient. Ich wollte ihn nicht töten. Ehrlich."

„Du hast gesehen, was ich mit Mördern mache." Meine Stimme war kalt.

Ihre Augen weiteten sich. „Du meinst Baxter. Ja, ich

kenne deine Einstellung den Menschen gegenüber, die solch schreckliche Verbrechen begehen."

„Er hätte am Galgen baumeln sollen, Ellie."

Sie schwankte bei der Aussicht auf ein ähnliches Schicksal, aber fing sich. „Ja. Ich weiß. Wirst du... wirst du mich zurückschicken?"

„Nach Minneapolis?"

Nickend schluckte sie und holte tief Luft. „Ja. Du solltest nicht mit einer Frau zusammen sein müssen, die Schande über deinen Beruf bringt, über alles, an das du glaubst. Oder wirst du mich ins Gefängnis stecken?"

Jetzt war ich derjenige, der tief Luft holte. Sie dachte, sie wäre meiner nicht würdig? Sie zählte sich zur gleichen Sorte wie Baxter? Die Frau war verrückt, wenn sie das dachte. Sogar noch mehr, wenn sie dachte, *ich* würde das denken.

Ich ging hinüber zu meinem Waffengürtel, der an einem Haken neben der Tür hing, und zog ein Paar Handschellen ab. Das harte Metall war kühl in meiner Hand, als ich mich ihr näherte. Tränen strömten über ihr Gesicht, aber sie hob ihr Kinn und sah mir direkt in die Augen. So feurig.

„Streck deine Hände aus."

Sie folgte meinem Befehl bereitwillig, zuckte jedoch zusammen, als sich das Metall mit einem finalen Klicken um ihr Handgelenk schloss. Nachdem ich sie rüber zur Tür geführt hatte, hob ich ihre Hände über ihren Kopf und legte die Kette der Handschellen auf einen Haken hoch an der Wand, den ich für meinen Hut benutzte. Sie war mit dem Gesicht der Wand zugewandt und ihre Arme so weit nach oben gestreckt, dass sie nicht flach auf ihren Füßen stand. Sie war gefangen.

„Ryder, was machst du da?", kreischte sie und bewegte die Hüften, um sich zu befreien. Aufgrund der Höhe und des Winkels des Hakens war sie wahrhaft gefangen. Und meiner Gnade ausgeliefert.

Ich trat näher zu ihr, sodass sie die gesamte Länge meines Körpers spüren konnte. Die Art, wie sie sich bewegte und kämpfte, machte mich steinhart. Es bestand kein Zweifel daran, dass sie meinen Schwanz an ihrer Pospalte fühlte.

„Glaubst du wirklich, dass ich dich wegen Mordes verhaften würde?"

Ihre seidigen Haare strichen über mein Kinn, als sie nickte. „Ich dachte, ich hätte ihn getötet."

Ich griff um sie und begann, die Knöpfe an der Vorderseite ihrer Bluse zu öffnen.

„Aber du wolltest es mir trotzdem erzählen", sagte ich, während sich ihr Mieder Stück für Stück öffnete.

„Es ist, wer du bist, Ryder. Ich konnte nicht zulassen, dass du dich in mich ver... Ich meine, dass du mit einer Frau verheiratet bist, die alles verkörpert, das du ablehnst." Sie sah hinab auf meine Hände, verwirrt in ihrer Aufgeregtheit. „Was... was machst du?"

Ich konnte ihr die Bluse nicht ausziehen, während ihre Arme über ihrem Kopf gefangen waren, aber ich wollte, die oberen Rundungen ihrer Brüste sehen. Ich öffnete den Knopf ihres Rocks, schob ihn über ihre Hüften und zu Boden.

„Verliebt? Das war es doch, was du sagen wolltest, oder nicht?"

Sie stand in ihrer geöffneten Bluse und Korsett da; die Frau hatte kein Höschen an und den größten Plug in ihrem Hintern. Genau in diesem Moment, während ich ihren gefangenen, größtenteils nackten Körper anstarrte, wusste ich ohne jeden Zweifel, dass ich sie liebte. Obwohl sie mir von ihren Sünden erzählen wollte und bereit war, die unbarmherzigste aller Strafen zu akzeptieren, hatte sie ihr Höschen weg und den Plug in ihrem Hintern gelassen, als sie sich angezogen hatte. Das bedeutete in meinen Augen, dass sie mein sein wollte und gewillt war, mir weiterhin zu gehorchen. Sie war gewillt, ins Gefängnis zu gehen, dennoch befolgte sie eine so triviale Aufgabe, wie ihre Pussy entblößt und ihren Hintern gedehnt zu lassen.

„Zu spät, Baby."

Sie drehte sich zu mir um und sah mich mit einem Kinn über ihrer Schulter an. „Was?"

„Ich bin bereits in dich verliebt. Und du in mich."

Der Ausdruck in ihren Augen wurde zunehmend verwirrt, erfreut und weich, alles zur gleichen Zeit. Es stand außer Frage, dass sie überwältigt war, ihr Verstand arbeitete angestrengt, um mit dem Tempo ihrer Gedanken mitzuhalten und dem, was ich mit ihr machte, was ich ihr erzählte...

„Wie –"

„Keine Frau würde zum Galgen gehen und dabei ihren Hintern dehnen und auf ein Höschen verzichten, wenn sie den Mann – den Sheriff – dessen Aufgabe es ist, sie dorthin zu führen, nicht liebte."

Genau da, urplötzlich unterwarf sie sich. Ihre Schultern sackten zusammen, ihr Kopf fiel nach unten und sie entspannte sich. Sie ließ los. Es war ein wunderschöner Anblick, das zu bezeugen. Ich strich ihre feuerroten Haare und den Baumwollstoff ihrer Bluse von einer Schulter und küsste die entblößte Haut sehr sachte. Die Haut war warm und seidig unter meinen Lippen. Ich atmete ihren Duft ein, Pfirsich und Süße, und ich wusste, dass ich sie nie gehenlassen würde.

„Ryder", flehte sie. „Ich wollte ihn nicht töten... ihn verletzen."

Während ich meine Hand ihren Rücken hinab zu ihrem nackten Po gleiten ließ, antwortete ich: „Er wollte dich vergewaltigen. Ich bin froh, dass du ihn geschlagen hast. Es hätte für mich keine Rolle gespielt, wenn du ihn getötet hättest."

„Aber du heißt Mord nicht gut!"

Ich ließ jetzt beide Hände in beruhigenden Bewegungen über ihre Haut gleiten, als wollte ich eine schreckhafte Stute zähmen. „Wer tut das schon? Aber wenn eine Frau angegriffen, so attackiert wird? Baby, es war Notwehr. Du hast getan, was du tun musstest."

„Dann wirst du mich nicht zurückschicken?"

Ich schüttelte meinen Kopf leicht, obwohl sie mich nicht sehen konnte. So stur! „Ich sollte noch fünf mehr zu deiner Bestrafung hinzufügen, nur weil du das denkst."

Ihr Rücken wurde steif.

„Das ist richtig, Baby. Dir wird jetzt der Hintern versohlt werden wie noch nie zuvor in deinem Leben."

„Aber –"

„Du hättest mir alles erzählen sollen. Ich hätte es in Ordnung bringen können."

„In Ordnung bringen? Du wirst ihn nicht aufsuchen, oder?"

Ich presste eine Handfläche an die Wand neben ihrem Kopf und beugte mich nach vorne, sodass sich mein Mund direkt neben ihrem Ohr befand und mein Atem über ihre Haare strich. „Überlass mir Simmons. Wenn du es mir gleich erzählt hättest, dann hätte ich gewusst, dass wir nicht wirklich verheiratet sind, und ich hätte dich von der Kutsche direkt zur Kirche geschleift."

Ihre Augen huschten zu meinen. „Nicht verheiratet?"

„Ich bin mit Eleanor Adams, nicht Ellen Oldsmere verheiratet."

Ellie sog auf diese Erkenntnis hin scharf die Luft ein.

„Nachdem wir hier fertig sind, werden wir bei der Kirche vorbeischauen und alles offiziell machen. Mir gefällt es zwar, dass du dich im Bett wie eine schamlose Frau verhältst, aber das heißt nicht, dass ich will, dass du tatsächlich eine bist. Du gehörst zu mir, Ellie, und dabei bleibt es."

Sie nickte heftig mit dem Kopf, wodurch ihre Haare

so sehr in Bewegung gerieten, dass sie sich in meinen Bartstoppeln verfingen. „Ja, Ryder", hauchte sie.

Ich lehnte mich zurück und rieb mit meiner Hand über ihren Hintern. „Du kannst so viel schreien, wie du möchtest, während ich dir den Po versohle. Denk nur daran, Baby, dass ich das tue, weil du zu mir gehörst, nicht weil ich wütend auf dich bin. Ich liebe dich und das soll dir dabei helfen, dich daran zu erinnern."

Ich ließ ihr keine Gelegenheit zum Antworten. Der Zorn war verflogen. Liebe und Bewunderung blieben zurück, aber auch diese große Dosis Besitzgier. Zu wissen, dass sie rechtlich gesehen nicht zu mir gehörte – obwohl ich wusste, dass es trotz des fehlenden Papierfetzens der Fall war – steigerte meine Besitzgier nur ins Unermessliche. Sie würde wissen, dass sie zu mir gehörte, wenn Worte nicht ausreichen.

Und daher versohlte ich ihr den Hintern, gründlich und ganz und gar. Zuerst drehte und wand sie sich, um meiner Hand zu entwischen, doch nach ungefähr zehn Schlägen, als ihr Hintern überall rosa war, sackte sie in sich zusammen und nahm, was ich ihr gab. Sie akzeptierte ihre Bestrafung, akzeptierte, dass sie zu mir gehörte, dass ich hier war, um sie zu beschützen und zu verteidigen. *Sie zu lieben*.

Als ihr Hintern einen angemessenen Rosaton angenommen und ich das Gefühl hatte, sie hätte alles verstanden, das ich ihr erzählt hatte, hob ich ihre gefesselten Hände von dem Haken, senkte sie vorsichtig an ihre Seiten und massierte ihre Schultern und Arme, um die

Spannung und jegliches unangenehme Gefühl zu lindern.

Nachdem ich sie zu mir umgedreht hatte, wischte ich die Tränenspuren von ihren Wangen und küsste ihre verschwitzte Stirn. Ich zog sie an meine Brust, hielt sie sicher in meinen Armen und erlaubte ihr, ihre Fassung wiederzuerlangen. „Was war das von wegen, du hast Myrna geschlagen?"

14
―――

LLEN

Ich versteifte mich in Ryders festem Griff. Ich konnte seinen Herzschlag unter meiner Wange hören, zuverlässig und gleichmäßig. „Oh, Ryder, du wirst mir doch nicht noch mehr Schläge geben!"

„Erzähl mir, was du getan hast."

Nach den Hieben, die ich gerade erhalten hatte, hatte ich meine Lektion gelernt. Ich würde nie wieder irgendetwas vor ihm geheim halten, nicht dass ich vorgehabt hatte, die Auseinandersetzung mit Myrna zu verheimlichen.

Indem ich nach oben blickte, begegnete ich seinen Augen. Mir taten meine nicht gerade damenhaften Taten kein bisschen leid. „Ich habe sie auf die Nase geschlagen." Eine Seite seines Kiefers zuckte. „Ich würde es wieder tun."

„Was hat sie getan, um das zu rechtfertigen?"

„Sie hat deinen guten Namen in den Dreck gezogen."

Sein Kopf ruckte nach hinten, als hätte ich *ihn* geschlagen. „Lass mich das klarstellen. Du hast Myrna geschlagen, weil sie *mich* beleidigt hat?"

Gut, er verstand. „Ja, natürlich. Ziehst du in Erwägung, Allen Simmons körperlichen Schaden zuzufügen?"

„Definitiv." Seine Stimme war düster und in seinen Augen funkelte es teuflisch. In diesem Moment war er kein Sheriff.

„Ich habe bei Myrna genauso empfunden."

Er ließ mich los und tigerte durch den Raum. Die Handschellen lagen schwer um meine Handgelenke. „Ich denke nicht, dass meine Gedanken über Simmons und deine bezüglich Myrna die gleichen sind."

Ich dachte darüber nach und stellte fest, dass er recht hatte. „Nein, aber ich beschütze, was mir gehört." Meine Stimme war leidenschaftlich und seine Augen weiteten sich. Dann grinste er, kam zu mir, drückte seine Schulter in meinen Bauch und meine Welt wurde auf den Kopf gestellt. „Ryder! Bitte bestraf mich nicht noch mal. Ich bin zu wund!"

Er senkte mich auf unser weiches Bett und drehte mich grob auf meinen Bauch. Die Kette der Handschellen klirrte, als er mich bewegte. Er lief um das Bett und schlang die Handschellen um den Eckpfosten des Bettes, wodurch er mich ein weiteres Mal effektiv fixierte.

„Ich werde dich nicht bestrafen, Baby. Ich sage nicht, dass du jede Person schlagen sollst, die etwas über mich sagt, dass dir nicht gefällt, aber du hast nur getan, was die Hälfte der Stadtbewohner schon seit Jahren tun wollte. Zum Teufel, ich wollte ihr selbst das ein oder andere Mal eins auf die Nase geben, aber ich bin zu sehr Gentleman, um viele Gedanken daran zu verschwenden."

„Warum –"

„Ich werde dich belohnen. Ich mag deine besitzergreifende Ader. Sie scheint zu meiner zu passen und bestätigt mir nur, dass du mich liebst, auch wenn du die Worte noch nicht ausgesprochen hast."

Nach allem, das er mir erzählt hatte, wie er über meine Taten in Minneapolis empfand, bestand kein Zweifel an meinen Gefühlen für ihn und ich konnte sie keinen Augenblick länger für mich behalten. „Ryder, das tue ich. Ich liebe dich."

Indem er mich sanft an den Hüften packte, zog er mich nach hinten, sodass meine Knie in der vertrauten Stellung unter mich gefaltet waren und mein Hintern zur Schau gestellt wurde. Ich hegte keinerlei Zweifel daran, dass er feuerrot war; es fühlte sich definitiv so an.

„Deine Pussy habe ich schon für mich beansprucht, Baby." Er streichelte über meine Spalte und ein Finger teilte meine feuchten Falten, um hineinzugleiten. Ich zog mich um den Finger zusammen, molk ihn und versuchte, ihn tiefer zu ziehen. Er verharrte dort nicht, sondern zog ihn wieder raus und ich stöhnte wegen der Einsamkeit, die über mich schwappte. Ich brauchte ihn in mir.

Er füllte bereits mein Herz, jetzt war es an der Zeit, dass er auch meinen Körper füllte.

„Jetzt ist der Zeitpunkt gekommen, deinen Hintern für mich zu beanspruchen." Sein Finger tippte gegen den Plug, der meinen Hintereingang füllte und meine inneren Muskeln zogen sich ein weiteres Mal zusammen. „Du hast die Plugs alle so gut aufgenommen, trotz dieser kurzen Zeit. Ich habe dich gedehnt, dich vorbereitet. Der, der dich gerade füllt, ist der größte. Du bist bereit, in jeder Hinsicht die Meine zu werden. Es wird sich so gut anfühlen. Dann, danach werden wir zur Kirche gehen und diese Ehe offiziell machen. Ich will, dass keinerlei Chance besteht, dass du jemals von mir loskommst."

Ich entspannte mich bei seinen Worten und fühlte, dass er sich daran machte, den Plug aus meinem Hintern zu entfernen. Er glitt recht mühelos heraus und ich seufzte in das Kissen, fühlte mich aber trotzdem leer. Das Gefühl war nur von kurzer Dauer, denn sein Finger schickte sich schnell an, die Stelle des Plugs einzunehmen, indem er problemlos in meinen Po glitt. Ich schrie auf wegen der Empfindungen, die sein dicker Finger erzeugte, als er ihn kreisen ließ.

„Ich denke, die Handschellen werden dieses Problem gut lösen", erwiderte ich scharf, wobei meine Stimme nur leise keuchend erklang.

Ich spürte, dass er sich zum Nachttisch neigte, weil sein Körper das Bett auf einer Seite einsinken ließ. Das blecherne Geräusch des Balsamglases, das geöffnet wurde, hallte durch die Luft und ich wusste, was als Nächstes geschehen würde. Dennoch machte ich einen Satz, als ich den kühlen, glitschigen Balsam an meinem Hintereingang fühlte sowie einen Finger, der ein weiteres Mal um die Öffnung glitt und mich langsam, aber sehr stetig und gründlich für seinen Schwanz einrieb. Unterdessen sank seine andere Hand tiefer und streichelte über meine Falten, teilte sie erneut und dicke Finger drangen tief in mich. Es gab nichts anderes für mich zu tun, als es hinzunehmen. Meine Arme waren straff über meinem Kopf ausgestreckt, mein Gewicht ruhte auf meinen Knien und ich konnte nichts daran ändern. Ich war wahrhaftig gefangen.

Nicht, dass ich irgendwelche Absichten hegte, woanders hinzugehen. Die Kombination aus seinen Fingern, die meine Pussy vögelten, und seinem Finger, der sich jetzt in meinen Hintern schob, ließ mich aufschreien. Ich wollte meine Hüften verlagern und mich seinen Fingern entgegendrängen, doch ich konnte mich nicht rühren. Als sein Finger sogar noch tiefer in meinen Po drang, senkte ich meinen Kopf auf die weiche Decke und stöhnte. Mein ganzer Körper erschlaffte, die Spannung war verflogen, als hätte er sich mit dem Schicksal abgefunden, dass ich Ryders Gnade ausgeliefert war. Seine Dominanz war komplett.

Ich konnte spüren, dass sich mein Orgasmus

aufbaute. Schweiß überzog meine Haut, meine Nippel waren steife Knospen, geradezu schmerzhaft hart innerhalb der Einfassung meines Korsetts. Meine Haut kribbelte, das Blut rauschte mir in den Ohren. Ich hielt die Luft an, als ich fast dort war. Nur noch ein bisschen mehr mit seinen Fingern über diese Stelle... genau dort... nein!

Er zog seine Finger mit einem feuchten, schlüpfrigen Geräusch ganz aus mir. „Das höre ich so gerne, deine tropfende Pussy, die mir sagt, dass sie für mich bereit ist."

Ich hatte nicht gehört, dass er seine Hose geöffnet hatte, aber er musste es getan haben, denn ich spürte seine breite Schwanzspitze, die gegen meine Pussy stupste. Er glitt in einem geschmeidigen Stoß vollständig in mich, da mein Körper so feucht und bereit für ihn war. Meine inneren Wände zogen sich zusammen, während ich schrie: „Ja!"

Er hielt still und bewegte sich überhaupt nicht. „Baby, ich werde kommen, so wie du meinen Schwanz melkst."

Indem er sich zu bewegen begann, vögelte er mich mit methodischen Stößen. Rein. Raus. Sein Glied war beinahe magisch in seiner Fähigkeit, die geheimen Stellen zu finden. Stellen, die meine Lust ausbauten und mich zum Kommen brachten, ohne auch nur meine Klit zu berühren. Ich war nah dran... so nah, dass ich mich anspannte. Was mich dann zum Schreien brachte und dazu, über die Decke zu kratzen, war der Daumen, der in einer geschmeidigen Bewegung in meinen Hintern glitt, sodass ich vorne und hinten gefüllt war. Das köstliche Brennen des Gefülltseins war so unglaublich und verschaffte mir einen Höhepunkt wie noch nie zuvor.

Ryders lustvolles Brüllen folgte direkt nach meinem. Seine Härte war tief in mir vergraben und ich konnte spüren, wie mich sein Samen schubweise füllte und auskleidete. Mich markierte. Seine Hand lockerte ihren festen Griff um meine Hüften, als er sich herauszog. Ich spürte den Samen, der mit ihm aus mir glitt und meine Schenkel hinabtropfte. Sein Daumen befand sich jedoch nach wie vor tief in meinem Hintern.

„So ein wunderschöner Anblick. Es steht außer Frage, dass diese Pussy mir gehört und jetzt ist es Zeit, dass ich auch deinen Hintern beanspruche, Baby."

Ich schaute über meine Schulter. „Jetzt?"

Sein Glied glänzte mit unseren vermischten Säften, war jedoch nach wie vor lang und dick, hart und deutete nach oben zu seinem Bauchnabel. Es war, als wäre er nie gekommen; er war unersättlich.

Nachdem er seinen Daumen herausgezogen hatte, packte er den Ansatz seiner Erektion und führte sie durch den Samen, der aus mir tröpfelte, um die pralle Spitze damit zu überziehen, ehe er sie an meinem Po positionierte.

„Ich bin groß, Baby, größer als alles, das du bisher hier hinten drin hattest." Er drückte sich gegen den Muskelring, der gegen sein Eindringen ankämpfte. Er ließ eine Hand meine Wirbelsäule nach unten gleiten, legte sie auf meine Hüfte und neigte diese, während er sich sogar noch weiter nach vorne schob.

Die brennende Empfindung, von seiner Härte gedehnt zu werden, brachte mich zum Keuchen, dann Ächzen. Mein Orgasmus hatte mich weich und befriedigt zurückgelassen und das Gefühl, wie er sich in mich drängte, änderte nichts daran.

„Lass los, Baby. Entspann dich. Drück dich mir entgegen."

Ich ließ meine Schultern erschlaffen, da ich nicht einmal bemerkt hatte, dass ich mich verspannt hatte. Ich holte tief Luft und schob mich seiner Schwanzspitze entgegen, genauso wie ich es bei jedem zunehmend größeren Plug getan hatte. Das reichte. Sein Glied glitt an der Öffnung vorbei und dehnte mich weit, so unglaublich weit, während er mich nur teilweise füllte. Ich warf meinen Kopf nach hinten und meine Haare kitzelten meine sensible Haut.

„Oh, Baby. Du bist umwerfend. Du nimmst mich so gut auf."

Ich spürte einen Finger über die Stelle streichen, an der ich um seine Härte gedehnt war. Langsam, ganz langsam, bewegte er sich weiter nach vorne, zog sich dann zurück, drang wieder tiefer, bis ich fühlte, dass seine Hüften gegen meinen Po stießen. Ein harscher Laut entwich Ryder und ich wusste, dass es ihm gefiel, sein Glied in meinem Hintern zu haben.

Ich hatte mich noch nie so voll, so geöffnet gefühlt. Ich stöhnte. „Ryder, es ist zu viel. Ich bin so voll. Gott, du bist so tief." Ich war mir nicht sicher, ob ich wollte, dass er sich aus mir rauszog oder dortblieb, wo er war.

„Warte einfach. Ich werde mich gleich bewegen und du wirst so heftig kommen. So heftig, Baby." Seine Stimme war tief, rau.

Und dann fing er an. Er zog sich zurück, wodurch an dem Muskelring gezerrt wurde, bis sich die dicke Spitze an der Öffnung verfing, ehe er sich wieder in mich drückte. Das wiederholte er immer und immer wieder.

„Ich habe den ersten Fick aus dem Weg geschafft. Du bist so schön weich, so empfindlich und ich kann dich so für Stunden ficken."

Bei dieser Vorstellung stöhnte ich. Ich wusste von den vergangenen Malen, dass er, wenn er schnell kam, meinen Körper die ganze Nacht lang stimulieren konnte, wenn er mich das zweite Mal vögelte.

Sein Gewicht verlagernd, griff er nach unten zwischen uns und strich mit seinen Fingern über meine Klit, die mit seinem Samen überzogen war. „Du wirst für mich kommen, Ellie." Er rieb über die hyperempfindliche Knospe. „Genau jetzt." Mein Körper hatte keine andere Wahl, als zu kommen, während sein Glied über Stellen rieb, die die unglaublichsten Empfindungen hervorriefen. Das in Kombination mit den kreisenden Fingern auf meiner Klit sorgte dafür, dass ich nicht widerstehen konnte. Ich schrie und verkrampfte mich um seine Härte. Ich hörte ihn vage etwas fluchen, während ich die Woge der Lust ritt. Als diese verebbt war, begann er sich wieder zu bewegen und sein Glied in mich zu stoßen, rein und raus.

Mein Körper war knochenlos und schweißnass.

Meine Haare klebten wild zerzaust an meinem Gesicht und Hals. Meine Pussy fühlte sich geschwollen und gut benutzt an und dennoch war Ryder nach wie vor tief in mir vergraben und der Orgasmus noch nicht komplett abgeflaut. Ich würde noch mal kommen, aber war mir nicht sicher, ob ich es ertragen könnte.

„Ryder, bitte. Oh, Gott, es ist zu viel", schluchzte ich.

Er zeigte keine Gnade, sondern beherrschte mich mit jedem Stoß seiner Erektion, bis ich abermals kam, dieses Mal mit einem stummen Schrei. Ich war verloren, verwirrt. Ryders gnadenlose Kontrolle meines Körpers war so intensiv, dass ich nicht mehr konnte. Ich konnte seinen Stößen nicht mehr mit meinen Hüften entgegenkommen. Ich konnte nicht mehr mit dem Becken wackeln, um mich an sein kraftvolles Eindringen anzupassen, mit dem er Anspruch auf meinen Hintern erhob. Ich konnte nicht schreien, denn meine Kehle war trocken und heiser von meinen Schreien. Aber das spielte keine Rolle. Ich musste nichts davon tun, damit mein Körper auf seinen reagierte. Es war, als wüsste er, zu wem er gehörte, als wüsste er, dass ihm nichts anderes übrigbliebe, als die Wonne anzunehmen, die ihm geboten wurde.

„Noch einer."

Ich schüttelte den Kopf. „Ich kann nicht."

„Du wirst. Noch einmal und ich werde mit dir kommen. Deinen Hintern als meinen markieren."

Mit diesem verbotenen Gedanken kam ich und fühlte ihn so tief in mich stoßen, dass er förmlich in mir eingebettet war und mich sein Samen in heißen, dicken Schüben füllte, während er seinen Höhepunkt hinausbrüllte.

Zeit verlor ihre Bedeutung. Er hätte seine Brust eine Minute auf meinen Rücken gelegt haben können oder zehn, so erschöpft war ich. Irgendwann zog er sich aus mir heraus. „Beweg dich nicht, Baby", flüsterte er.

Er griff nach oben, öffnete die Handschellen und massierte die Steifheit aus meinen Schultern. „Mein, Baby. Du gehörst jetzt mir."

„Was ist mit der Kirche?" Ich leckte über meine trockenen Lippen, aber verharrte regungslos, wie er es verlangt hatte. „Wir sind rechtlich nicht verheiratet."

Ryders große Hand fuhr federleicht über meinen Po. „Dein Hintern ist rot von meiner Hand, deine Pussy ist ganz geschwollen und offen, mein Samen tropft aus deinen beiden Löchern. Ich würde sagen, dass du wahrhaftig die Meine bist."

Ich lächelte, aber behielt meine Augen dennoch geschlossen. „Mmm", murmelte ich.

Vorsichtig verlagerte er mich so, dass ich auf seiner Brust ausgestreckt dalag, mein Ohr an seinem beständig schlagenden Herzen.

„Myrnas gebrochene Nase und blaues Auge sagen, dass *du* zu mir gehörst", entgegnete ich.

Ryder legte den Kopf in den Nacken und lachte, kräftig und tief. Der Laut brachte mich an seiner Brust zum Lächeln, deren krause Haare mich kitzelten.

„Vorsicht, sonst muss ich eventuell noch mal die Handschellen benutzen."

Ich drehte meinen Kopf so, dass mein Kinn auf seiner Brust ruhte. Seine Augen waren dunkel, dennoch erfüllt von einem entspannten Humor, sein Lächeln offen und zufrieden. Ich zog meine Augenbrauen hoch und grinste.

„Versprochen?"

„Oh, Baby, ich verspreche es."

HOLEN SIE SICH IHR KOSTENLOSES BUCH!

Tragen Sie sich in meine E-Mail Liste ein, um als erstes von Neuerscheinungen, kostenlosen Büchern, Sonderpreisen und anderen Zugaben zu erfahren.

kostenlosecowboyromantik.com

ÜBER DIE AUTORIN

Vanessa Vale ist die USA Today Bestseller Autorin von sexy Liebesromanen, unter anderem ihrer beliebten historischen Bridgewater Reihe und heißen zeitgenössischen Liebesromanen. Vanessa schreibt über unverfrorene Bad Boys, die sich nicht einfach nur verlieben, sondern Hals über Kopf in die Liebe stürzen. Ihre Bücher wurden über eine Million Mal verkauft und sind weltweit in mehreren Sprachen im E-Book-, Print- und Audioformat erhältlich, ja sogar als Onlinespiel. Wenn sie nicht schreibt, erfreut sich Vanessa an dem Wahnsinn, zwei Jungen großzuziehen, und versucht herauszufinden, wie viele Mahlzeiten sie mit einem Schnellkochtopf zubereiten kann. Obwohl sie im Umgang mit den Sozialen Medien nicht ganz so geübt ist wie ihre Kinder, liebt sie es, mit ihren Lesern zu interagieren.

Instagram

www.vanessavaleauthor.com

WEBSITE-LISTE ALLER VANESSA VALE-BÜCHER IN DEUTSCHER SPRACHE.

Klick hier.

https://vanessavaleauthor.com/book-categories/deutsch/

www.ingramcontent.com/pod-product-compliance
Lightning Source LLC
LaVergne TN
LVHW011835060526
838200LV00053B/4040